U0820400

中國古典詩詞精品賞讀

陸游

張敏傑 編著

五洲傳播出版社

图书在版编目（CIP）数据

中国古典诗词精品赏读丛书：繁体版. 陆游 / 张敏杰著. -- 北京：五洲传播出版社, 2024.1

ISBN 978-7-5085-4987-3

Ⅰ. ①中… Ⅱ. ①张… Ⅲ. ①陆游（1125-1210）－宋诗－诗歌欣赏 Ⅳ. ①I207.2

中国版本图书馆CIP数据核字(2022)第241296号

中国古典诗词精品赏读丛书

陆游

出 版 人：关　宏
编　　著：张敏杰
责任编辑：王　峰
图片编审：迟乃义
装帧设计：田　林
出版发行：五洲传播出版社
地　　址：北京市海淀区北三环中路 31 号生产力大楼 B 座 6 层
邮　　编：100088
发行电话：010-82005927　010-82007837
网　　址：http://www.cicc.org.cn　http://www.thatsbooks.com
印　　刷：北京市房山腾龙印刷厂
版　　次：2024 年 1 月第 1 版第 1 次印刷
开　　本：710 × 1000 mm　1/16
印　　张：8.5
字　　数：50 千字
定　　价：68.00 元

編者的話

中國在歷史上是一個“詩歌的國度”，古典詩詞是中國傳統文化的奇葩。早在三千年前，我們的祖先就創作出了以“詩三百”爲代表的優秀詩篇。此後每個歷史年代，詩歌創作都結出豐碩的成果，其中不少名篇名句，膾炙人口，傳誦至今。這套“中國古典詩詞精品賞讀”書係，選取了歷史上最具代表性的詩人、詞人的優秀作品，並加以詳盡通俗的譯注、評解，試圖由此將古代中國人創造的最可珍貴的文化瑰寶介紹給當代海内外讀者。

以“國風”爲代表的《詩經》和以《離騷》爲代表的楚辭，無論是在思想内容上還是在藝術手法上，都對中國後世詩壇産生了深遠影響。中國詩歌至唐代而達到高峰，呈現出後人所稱譽的“盛唐氣象”和“少年精神”，而從李白、杜甫等詩人身上，從他們留下的詩歌中，不難看出“風”“騷”以來優秀傳統的回響。他們都有强烈的現實關懷，關注國家、社會、民衆等問題；而這種主題，往往是詩人通過自己的人生境遇和心靈歷程去感悟，通過描繪自然界山川萬物、人間世事民情來體現的。在唐詩的輝煌之後發展起來的宋代詩歌，成就也相當高，但最能表現此年代文學特殊成就的是詞。宋代優秀的詞家把這種長短句詩體運用到出神入化的地步，那或慷慨激昂、或委婉淒清的詞作，今天讀來仍有强烈的藝術感染力。可以説，唐詩宋詞是中國文學史上最有神采的篇章。本書係介紹的詩人、詞人，如東晉的陶淵明，唐代的李白、杜甫、王維、白居易、劉禹錫、杜牧、李商隱，五代南唐的李煜；宋代的蘇軾、柳永、秦觀、李清照、辛棄疾、陸游；元代的薩都剌，等等，都是中國詩歌史上耀眼的星座。

中國古代詩歌注重抒情、寫景，善於表現友情、親情、愛情、鄉情，以及其他複雜細微的個人情感。這形成中國詩歌又一個强大的傳統。在儒家思想影響下，中國詩歌幾乎從一開始就具有“發乎情，止乎禮義”的特點，情感的表達比較克制、内斂、含蓄，有别於西方的詩歌風格。與此同時，中國詩人們又强調“含不盡之意見於言外”，善於通過各種藝術手法傳達言外之意，給讀者以無窮的回味和想象空間。古代詩詞中的優秀之作往往寫得深情宛轉，富於形象性和音樂性，誦讀這些詩詞，可以受到多層次的藝術感染和美的熏陶。古典詩詞還善於表現自然之美及人與自然的融合。古人常説“詩中有畫，畫中有詩”，本書係中的每首作品，都配以當代畫家根據詩詞意境繪製的中國畫，通過欣賞這些詩、畫，可以更深刻地領悟到中國古代藝術作品中的詩情畫意，品味其藝術之美。

除了“詩情畫意”的特色外，本書係以各位詩人、詞人單獨成册，以更清楚地展示其不同的個性和藝術風格；各分册包括詩人小傳與作品賞析兩部分。對每篇作品的賞析，又分爲題解、句解、評解三個章節：題解交代創作背景；句解用現代語文對詩詞進行逐句意譯，對某些難懂的字詞作注釋；評解部分則提要鈎玄，對作品特色進行點評。我們的本意，首先是幫助讀者減少閲讀中的文字障礙，繼而是理解詩詞的思想内容、藝術特色和寫作技巧。

中國古代經典詩篇把漢語升華到至美至純的境界，足以使每個中國人感到自豪。這些作品是聯接所有炎黄子孫思想、情感的文化紐帶，無論身在國内，還是身在海外，優秀的詩歌對讀者的感召力都是相通的。一個喜愛祖國傳統文化的人，可能會不斷地接觸和學習祖先的這些遺産。久而久之，這些優秀文化中的一部分會積澱下來，構成每個人頭腦中一道美麗的藝術長廊，不斷給人以教益、激勵和藝術享受。我們期望，本書係所介紹的詩詞名篇能够成爲這道藝術長廊的組成部分。

本書係所介紹的詩人、詞人，都各有很多傳世名篇，限於篇幅，書中每人衹選取了二三十首代表作品。限於編輯水平，書中會有種種不盡如人意之處，敬請讀者朋友提出寶貴意見。

目 録

7 陸游簡介

15 夜讀兵書

19 游山西村

23 劍門道中遇微雨

27 醉歌

31 金錯刀行

35 關山月

39 登賞心亭

43 過靈石三峰（其一）

47 五月十一日夜且半，夢從大駕親徵，盡複漢唐故地，見城邑人物繁麗，云：西涼府也。喜甚，馬上作長句，未終篇而覺，乃足成之

53 夜泊水村

57 寄題朱元晦武夷精捨

61 書憤

67 臨安春雨初霽

71 夜歸偶懷故人獨孤景略

75 秋夜將曉，出籬門迎涼有感（其二）

79 夜讀范至能《攬轡録》，言中原父老見使者多揮涕。感其事，作絶句

83 九月一日夜，讀詩稿有感，走筆作歌

89 十一月四日風雨大作

93 小舟游近村，捨舟步歸

97 沈園（其一）

101 沈園（其二）

105 秋夜讀書示子聿（其三）

109 梅花絶句（其三）

113 秋思

117 示兒

121 卜算子（驛外斷橋邊）

125 釵頭鳳（紅酥手）

129 訴衷情（當年萬里覓封侯）

陸游簡介

陸游（1125—1210），字務觀，自號放翁，越州山陰（今浙江紹興）人，是一位生活在八百多年前的偉大的愛國詩人。

陸游出身一個由“貧居苦學”而仕進的世宦家庭。祖父陸佃曾受經學於王安石，頗得王安石的賞識；後舉進士，官至尚書左丞，品行剛直。父親陸宰是一位學者，以藏書豐富而聞名，官朝請大夫，直秘閣。他們都是有强烈愛國思想的士大夫，在學術方面也有一定的修養和成就。陸佃的文學修養尤高，文集中有詩歌作品二百餘首。山陰陸氏爲大族，父輩中既有擅長文事的，又有精通武備的，與陸游同輩的人中也不乏以文章見稱者，他們經常談文論藝，切磋磨礪。這些對陸游日後的生活、思想以及文學創作都有潛移默化的影響。

宋徽宗宣和七年（1125）十月，陸游誕生在淮河舟中。他誕生和成長的年代，正是宋朝腐敗不堪、屢遭金國進犯的時候，民族危機極爲嚴重。陸游出生的這一年，金人滅遼而成爲宋朝最大的威脅。第二年，金兵即攻陷北宋首都汴京（今河南開封），幼小的陸游隨家庭倉皇南逃，正如日後他詩中所言，“我生學步逢喪亂”。在兵荒馬亂中，一家人常常“經旬不炊”。歷盡千辛萬苦，涉淮渡江，最後纔逃歸故鄉山陰。後來，金兵渡過長江南侵，陸家又出逃到外地。直到陸游九歲之時，金兵北撤，一家纔重回山陰。可以説，陸游自幼就經受了祖國被侵略、民族遭受欺凌的巨大痛苦。他少年之時，即目睹長輩“相與言及國事，或裂眦嚼齒，或流涕痛哭”，他們個個希望能匡扶王室，哪怕是犧牲生命也在所不惜。這一洋溢着忠義之氣的家庭氛圍感染影響着陸游，使他受到最生動最直接的愛國主義教育和熏陶，憂國憂民的思想感情深深植根在陸游的心靈深處。日後他立下“上馬擊狂胡，下馬草軍書”的雄心壯志，也就不難理解了。

在家庭、家族的影響下，陸游自幼好學不倦，“年十二能詩文”。陸家是世代相傳的書香門第，家中豐富的藏書可以供他瀏覽閱讀，父親和與之往來密切的朋友也適時地對陸游的學習進行指導。陸游十三四歲時偶然看到父親的藤床上擺有陶淵明詩集，“取而讀之，欣然會心”，直到暮色降臨也捨不得把書放下，讀到興起處索性連晚飯都不吃了。他從少年時就鐘愛的詩人除陶淵明外，還有唐代詩人岑參和王維。陸游十七八歲時已經顯露出卓异的文學纔華，二十歲時以“菊枕”爲題賦詩一首，爲人傳誦稱道，嶄露頭角。

名門望族的背景，使陸游得以接受良好的教育和文化熏陶，但也給他帶來婚姻上的不幸。大約在二十歲時，陸游和舅父唐閎的女兒唐琬結婚。兩人青梅竹馬，感情深厚，且唐琬有較好的文學修養，與陸游有共同的興趣愛好。這一樁婚事本應幸福美滿，但陸游的母親對內侄女唐琬却相當不滿，婆媳矛盾最終無法調和，陸母硬是逼迫兒子與唐琬離婚。在封建禮教的規范之下，陸游對母親之命不能違抗，伉儷情深的夫妻被强行拆散。這場失敗的感情婚姻給陸游帶來了一生的傷痛，他的詩詞作品如《沈園》《釵頭鳳》等都是爲此而作。

婚姻悲劇已屬不幸，接下來陸游在仕進途中遭受了更大的不幸和打擊。宋高宗紹興二十三年（1153），二十九歲的陸游赴都城臨安（今浙江杭州）參加進士考試，名列第一。恰好秦檜的孫子秦塤也參加考試，名列陸游之後，秦檜爲此大爲惱怒。第二年禮部複試時，懷恨在心的秦檜找借口把陸游黜免。從深層次來看的話，陸游被黜的原因是因爲他及其家庭、友人屬於主戰派，喜言抗戰恢複，與秦檜爲代表的主和妥協派勢同水火、針鋒相對。陸游在邁出政治生涯的第一步時就遭到無情的彈壓和打擊。秦檜死後的第三年，已經三十四歲的陸游纔得到朝廷起用，出任福州寧德縣主簿。一年多後，經人保薦由地方調到朝廷任職，先後擔任大理寺司直、樞密院編修官等職。因職務之便，陸游可以接近皇帝，耿直的他利用這難得的機會提出不少建議。

紹興三十二年（1162），宋孝宗趙昚即位。孝宗最初有志恢複中原，整頓軍務，登用人纔，朝中主戰派開始受到重視。孝宗曾親自召見陸游，賞識其學識和進諫時切中事理的言論，特賜他進士出身，加任太上皇（即宋高宗趙構）聖政所檢討官之職。陸游以爲施展理想的時機到了，他向朝廷提出許多抗敵複國的軍事策略和政治措施。抗金名將張浚被任命爲右丞相，都督江淮兵馬，準備北伐。陸游積極爲北伐之事出謀劃策，起草了一些重要的政治、軍事文書。

由於南宋内部的多方掣肘，張浚北伐失敗。宋廷隨即動摇了北伐中原的决心，重新回到屈服求和的路子。朝廷中的主和派重掌權柄，他們畏懼退縮，滿足於苟且偷安，汲汲於同金人議和，簽訂了屈辱的議和條款。陸游直言諫諍，但無濟於事。後來，陸游由於揭發孝宗皇帝的親信大臣植黨營私，引起孝宗的厭惡，被調任建康通判，不久改調京口（今江蘇鎮江）。此時張浚亦在這一帶駐防，二人過從甚密，積極謀劃重新北伐之事。但在張浚去世之後，陸游這種愛國之舉竟被主和派加上“交結臺諫，鼓唱是非，力説張浚用兵”的罪名。乾道二年（1166），陸游罷官還鄉，開始閑居生活。報國之志不能實現，生活又陷入窘迫，陸游的心境很沉重。他屢次向朝廷申述，但都没有結果。

乾道六年（1170），四十六歲的陸游爲解决生計問題，受命出任夔州（今重慶奉節）通判。雖然算是重新出仕，但西行萬里，又有一種被朝廷放逐的味道。陸游入蜀的盤纏是由朋友資助的，他沿長江西上，經過今江蘇、安徽、江西、湖南、湖北，穿過三峽抵達四川。一路之上，陸游飽覽壯麗山川，考察風土人情，憑吊屈原、杜甫等人的遺迹。他把旅途見聞寫成《入蜀記》六卷，這部著作對研究中國的地理沿革、民情風俗頗有參考價值。

夔州之任並不讓陸游滿意，一方面那里較爲偏僻，少有志同道合的友人可以來往；另一方面官俸微薄，不足以養家糊口。乾道八年（1172），陸游在夔州的任期將滿，恰在此時主戰將領王炎宣撫川陜，駐軍漢中。王炎邀請陸游爲幕賓，襄理公務。是年三月，陸游到達南鄭前綫，開始一段戎馬生活。這段生活是陸游一生都在重温、回味的。他换上戎裝，直接走上軍事前綫，置身官兵中間，真切感受到廣大軍民對國家、民族的熱愛和忠誠。如果説他在夔州任職期間是蕭索頽唐的，那么在漢中的軍旅生活則是激情昂然的。他在雪中刺虎，在秋風中戍守要塞邊關，無所畏懼。豪壯的軍中生活讓陸游的胸襟懷抱爲之一開，詩歌創作的激情爲之高漲，這段時間他寫出許多熱情奔放的愛國詩篇。因爲公務的關係，陸游常來往於各地，經過實地考察，他認爲漢中地區形勢險要、物産豐富，民衆富有豪健俠義之氣，主張把隴右一帶作爲恢複中原的根據地，虎視長安，經略中原，進可攻，退可守。但南宋王朝秉持的國策是妥協投降，無意於恢複故地，陸游這一套策略根本不可能實現。乾道八年九月，王炎被調離川陜，陸游改任成都府安撫司參議官，後又擔任蜀州等地的地方官。他的軍旅生活僅半年多就結束了。

淳熙二年（1175），范成大任成都府路安撫使兼四川制置使，陸游獲邀擔任參議官，再一次來到成都。范成大是南宋著名愛國詩人，和陸游曾經同處共事，有文字往來。此時的范成大身爲西南軍政大員，但他和陸游之間並没有因此疏離，二人不拘泥於俗常的禮法，處理完日常公務之後，經常在一起飲酒賦詩，互相唱和。陸游一腔愛國之情無處發泄，索性放浪形骸，被同僚譏爲頹放，他幹脆就自號爲“放翁”。他結交俠義之士、方外之人，并在文學創作上迸發出更大的熱情。現實生活開闊了他的心胸眼界，他的詩藝也更加精熟，寫出不少“寄意恢複”、剛健遒勁的作品。

淳熙五年（1178）春，陸游因詩名顯赫而再度受到孝宗召見，出川東歸，回到臨安。他本希望朝廷能委以重任，但由於朝中政局仍陷於妥協投降的泥沼之中，孝宗本人對用兵抗敵之事更是畏首畏尾，他並未真正得到重用。陸游被派往福建、江西等地任職。淳熙七年在江西任上，當地遭遇嚴重的水灾，陸游親自督率部下開倉取糧，派舟船載米救濟灾民。他關心民生疾苦，却招繳當權者的不滿，又以“擅權”的罪名被罷職還鄉。淳熙八年（1181）至十二年，陸游一直閑居於山陰，讀書治學，躬耕田園，無奈地發出“爲國憂民空激烈”的感慨。

淳熙十三年（1186），陸游已經年過花甲，又被重新起用爲嚴州（今浙江建德）知州。孝宗皇帝並不能真正理解陸游的宏偉抱負，他衹是賞識陸游的詩賦纔華，把他當作一個風雅詩人看待，勸慰陸游到山水秀麗的嚴州之後，在公事之餘大可吟詩作賦以消遣自適。在嚴州任上，陸游以高度的責任感整頓吏治，革新弊政，政績顯著，受到當地人民的愛戴。巧合的是，陸游的高祖陸軫也曾經作過嚴州太守，當地人爲陸軫立祠紀念，并請陸游作記。在嚴州任職期間，陸游删選自己的歷年詩作，予以刊刻，共計二千五百餘首。在蜀中流寓這一段生活經歷讓他念念不忘，于是把詩集題爲《劍南詩稿》。這是陸游詩歌作品的第一次結集，行世之後深得當時文壇的好評。

淳熙十五年（1188），陸游被召赴臨安任軍器少監，次年改任吏部郎中兼實録檢討官。這時他已經是六十四歲的老人了。光宗即位，陸游建議朝廷救弊興衰，整飭朝政，修明法治，選拔人纔，以實現中興偉業。但沉緬在偏安享樂之風中的南宋朝廷已經没有什么進取精神，陸游滿腔正氣的進諫不僅不被采納，反而遭到奸佞權僚的嫉恨，以“嘲詠風月”、譏刺朝廷的罪名再次將他罷職。陸游在憤慨之餘，把故居命名爲“風月軒”，以表抗争之意。

自宋光宗紹熙元年（1190）至去世爲止，陸游晚年的大部分時間都是在家鄉的田園中度過的。他遠離名利場，笑傲於山水之間，以讀書撰述爲樂，“萬卷古今消永日，一窗昏曉送流年”，度過了一段較爲閑適的生活。他不在廟堂之上，“身雜老農間”，還親身參加農業勞作，“種菜三四畦，蓄豚七八個”，晚年的很多詩作都真實反映鄉鄰百姓的生活，寫出了他們的歡樂和痛苦。陸游本人的生活雖然窘迫，甚至偶有衣食之憂，但他不登權貴之門，不忘報國之志。他老而瀰堅，讀書撰文，吟詩作賦，創作精力極其旺盛，年過八十仍“無詩三日却堪憂”。在去世前的二十年間，他共有七千多首詩問世。

宋寧宗嘉定三年（1210）春，陸游抱着未見國土收複的遺恨，與世長辭。他瀰留之際仍不忘恢複中原、統一國家之事，囑告兒輩“王師北定中原日，家祭無忘告乃翁”。這一叮囑充溢着真誠而濃烈的愛國情懷，浸涵着詩人的血泪，直到今天依舊深深感染着讀者。

陸游是中國歷史上杰出的愛國詩人。他的作品异常豐富，詩人自言“六十年間萬首詩”，留傳到今天的約有九千三百餘首，是宋代現存作品最多的詩人。

陸游的文學創作經歷了一個漫長的過程，根據創作時期及詩歌風格的不同，大緻可以把他的詩歌創作分爲三個時期：

第一時期自少年到中年入蜀之前，屬於他創作的早期階段。他早期詩歌突出的特點是重技巧、工藻繪，如詩人所言“我初學詩日，但欲工藻繪”。這些詩作偏重於在形式上模仿前人，并没有深刻豐富的思想内容，詩人後來删汰甚多。詩人早年頗受江西詩派的影響，他私淑吕本中，師事曾幾，浸染於二人的愛國情操，在詩歌藝術上接受“活法”“悟入”的詩論，增進了藝術修養。他雖仿效黄庭堅等人的詩歌風格，但却有自己的藝術個性和纔力，不爲江西詩派所牢籠。他這一時期的作品已經表現出强烈的愛國主義精神，如《送七兄赴揚州幕》等。

第二時期主要包括在蜀和東歸宦游兩個階段，前後近二十年。陸游深入抗金前綫的軍營生活，歷覽祖國雄奇壯偉的山川形勢，加深了現實生活體驗，激發出强烈的愛國情懷，同時詩風也隨之一變，改而追求一種宏肆奔放的風格境界。這種詩風與詩人渴望建奇功、樹偉業的抱負和愛國憂時的熾烈感情以及不拘小節的狂放性格相契合。在這個時期，陸游的文學創作境界得到提升，"放翁詩之宏肆，自從戎巴蜀，而境界又一變"（清趙翼《甌北詩話》卷六）。他這一時期的作品，尤其是那些具有雄放豪健之風的名篇，如《金錯刀行》《關山月》等，反映出時代的脉搏和廣大人民的心聲，與南宋朝廷的苟且偷安態度迥然不同，表現出高度的民族意識和愛國精神。

第三時期是六十五歲以後。這一時期除了時間不長的入都修史經歷外，陸游生活相對閑適，主要以讀書、寫詩爲務。這一時期的農桑生活和川陝從軍之時相比，詩人自言是兩個完全不同的世界，"何止明明兩世人"。他詩作中的愛國主義主題一以貫之，同時反映農村生活、閑適情趣的作品明顯增多。陸游晚年的詩作可謂洗盡鉛華，由豪肆造於平淡，"筆墨之清曠，與心地之淡遠，夷然相得於無言之表"（清翁方綱《石洲詩話》）。

縱觀陸游的詩歌，在藝術形式上可謂無體不備，無體不工。他最擅長的詩體是七言詩，七古、七律和七絶的成就都很高，七律尤以對仗工整著稱，"古人好對偶被放翁用盡"（宋劉克莊《後村詩話》前集），"放翁七言律，對仗工整，使事熨帖，當時無與比埒"（清沈德潛《説詩晬語》）。

陸游内心渴望的是昂揚激奮、波瀾壯闊的人生，他的詩大都有着飽滿的熱情，神采飛揚，奔放雄健，兼有李白的飄逸奔放和杜甫的沉鬱頓挫。近代梁啓超稱讚陸游："集中什九從軍樂，亘古男兒一放翁。"（《讀陸放翁集）陸游在語言上追求平易曉暢，把恢宏雄放的氣勢寓於明朗曉暢的語言中，其詩歌語言的特點是簡練自然，接近口語，正如清人趙翼《甌北詩話》所言："言簡意深，一語勝人千百……出語自然老潔，他人數言不能了者，祗用一二語了之。"同時，陸游講求整飭謹嚴之美，在結構上往往波瀾叠起。這些都體現出陸游詩歌的個性特徵。當然，他一生作詩甚多，有些未免流於淺近滑易，部分詞句、詩意時有重複。但總體而言，陸游的詩歌作品無論在思想上和藝術上都取得了很高的成就，在中國文學史上具有崇高的地位。

陸游的作品以詩爲主，同時在其它文學體裁、史學方面也有較高成就。他以餘力爲詞，成就不如詩突出，數量也較少，但他的詞作風格多樣，兼有豪放與婉約兩派的特點，正如明代楊慎《詞品》所評價，"纖絶處似淮海（秦觀），雄慨處似東坡（蘇軾）”。他的詞作同樣宣揚愛國熱情，屏絶纖艷，激昂感慨，和辛棄疾等愛國詞家同一途轍。南宋劉克莊即把陸游、辛棄疾並舉，稱二人“一掃纖艷，不示斧鑿”（《詞林記事》）。

陸游著述之富在南宋文人中極爲突出，除詩詞外，還有《渭南文集》五十卷、《放翁逸稿》二卷、《老學庵筆記》十卷等。他的散文大都文字洗煉，結構明晰，風格雅健；寫鄉居生活的散文如《書巢記》《居室記》等則淡雅雋永，富有情味。《老學庵筆記》内容豐富，所載多軼文故實，頗有史料價值。陸游在史學方面有很深造詣，他撰寫的《南唐書》叙述簡核有法，爲史傳文的名作。

陸游不但是詩人、作家、學者，而且還是書法家。據親眼目睹陸游詞作草稿真迹的宋代陳深記載，其書法“筆勢圓熟”“句法清真”，在不經意間有其妙處，“天真爛漫，姿態横生，種種可爲師法，雜之楊凝式、大小米間，又何愧耶？（《陸放翁詞稿跋》）”從流傳至今的墨迹看，陸游用筆與蘇軾極爲相近。

陸游爲南宋第一大詩人，對當時和後世都有積極的影響。人們往往把他和杜甫、蘇軾相提並論。南宋的“永嘉四靈”（徐照、徐璣、翁卷、趙師秀）雖然詩學晚唐，但“實用陸（游）之法度”；江湖派詩人蘇泂、戴複古直接從陸游那里獲取思想和藝術上的營養。劉克莊濡染陸詩尤深，“務爲放翁體”（元方回《瀛奎律髓》）。陸游作品中的愛國主題對後世影響最深，他飽含愛國精神的詩篇是中華民族可貴的思想資源和精神財富。

夜讀兵書

孤燈耿霜夕，窮山讀兵書。
平生萬里心，執戈王前驅。
戰死士所有，恥複守妻孥。
成功亦邂逅，逆料政自疏。
陂澤號飢鴻，歲月欺貧儒。
嘆息鏡中面，安得長膚腴？

題解

這首詩大約創作於宋高宗紹興二十六年（1156）秋天，此時陸游三十二歲。他參加禮部考試，因其抗金主張與當朝者相左而被權臣秦檜黜免，衹得返回家鄉山陰，寓居雲門山草堂。當時，淮河以北的廣大地區被金人侵占，大好河山淪陷於敵手。偏安一隅的南宋政權置失地於不顧，退讓苟安，不圖恢複。詩人自幼即喜讀兵書，練武習劍，有匡濟天下之志，有恢複失地爲國犧牲之願。但他的仕途進取之心受到無情摧折，目睹時艱，又身陷厄運，心情激憤難平而寫下這首詩。他深感實現驅逐敵人、解救百姓苦難的理想之艱難，由此發出慨嘆。

夜讀兵書 詩意圖 馬援 繪

【句解】

孤燈耿霜夕，窮山讀兵書

“耿”，光明，這里用作動詞，有照明、發出光亮之意。“霜夕”，秋天的晚上。“窮山”，人迹罕至的深山僻壤。一個孤燈照耀的秋夜里，詩人獨自在人烟稀少的深山里閱讀研習兵書。開篇兩句點出夜讀兵書的孤寂清冷的環境。茫茫夜色，漫天冷霜，而這其中有一琖明燈在照亮周遭的一切；深山之中難見人迹，却有一顆心在激蕩澎湃，報國之志没有絲毫消歇。如此開篇，作者意在抒發對現實政治的憤懣之情。

平生萬里心，執戈王前驅

一生都抱有立功於千里萬里之外的雄心壯志。“萬里”是虛數，形容極遠之地，指邊遠的地方。“戈”，盛行於商至戰國時期的一種長柄兵器，可横擊，亦可鈎殺；這里代指兵器。手執鋒利的兵器，爲君王衝鋒陷陣，這是何等威猛雄壯。在戰場上奮勇殺敵，就是詩人所言的“萬里心”。“執戈王前驅”一句用《詩經 · 伯兮》“伯也執殳，爲王前驅”之意。所謂“前驅”是指在前面奔走，作爲勇往直前的先鋒。

戰死士所有，恥複守妻孥

戰死沙場是仁人志士應有之義，是每一個將士都可能遇到而且無法回避的事情。如果祗想着厮守在妻子兒女身邊，盡享天倫之樂，而忘掉報國之志，失去誓死殺敵的氣概，這在詩人看來是萬分可恥的。“妻孥”，妻子兒女。

成功亦邂逅，逆料政自疏

“邂逅”，偶然遇見。“逆料”，預料；“政”，通“正”；“疏”，疏闊、迂闊，脱離實際。經由這兩句，作品的格調由高昂轉爲低沉。在詩人看來，所謂建功立業原本就是偶然所得。意氣風發是可取的，常在心中的崇高之志是可貴的，但要把它們轉化爲現實的功名，還需要可遇而不可求的機會。如果一定要在這樣一件没有把握的事情上去預料將來會如何，那么就未免太迂闊了。詩人把成功歸之於偶然，與他無端被黜的經歷不無關係。另一方面，我們還可以這樣來解讀：詩人勇往直前報效國家，早已把一己的成敗得失置之度外。宋代劉辰翁《精選陸放翁詩集》，在“逆料政自疏”一句下加批語“名言”，顯然是看到了陸游身上所具備的高貴思想品格。

陂澤號飢鴻，歲月欺貧儒

“陂澤”，窪地積水之地，比喻惡劣的環境；“飢鴻”，指忍飢挨餓、流離失所的民衆，語出《詩經·鴻雁》："鴻雁於飛，哀鳴嗸嗸。"作者一己的理想雖然不能實現，但他仍胸懷天下蒼生。那些生活在金人鐵蹄之下的平民百姓，就像哀號着的一群群鴻雁，飢困流離，他們每一聲的涕泣都牽動着詩人的心弦。詩人分明感到時間在無情地流淌，却不知自己的雄心壯志何時纔有施展的機會，他怎能不哀傷心痛？"貧儒"，貧窮的讀書人，這里是作者自謂。一個"欺"字，突出地傳達了詩人的憤懣之情。

嘆息鏡中面，安得長膚腴

詩人痛惜之餘，在鏡子中看到了自己憔悴的面容，爲之深深嘆息：怎樣纔能保持肌膚豐潤、永不衰頹呢？"膚腴"，皮膚豐滿潤澤。詩人是在爲自己面容的滄桑、衰老而嘆息嗎？顯然不是。詩人此時正當壯年，正是可以建功立業的大好時光，然而現實中他却受到挫折和打擊。他希望自己永不衰頹，是渴望在此後的歲月里能够重整旗鼓，一展内心積鬱已久的抱負。

評解

這首五言古體詩是詩人早期的一首愛國詩篇，即事而言懷，自述研讀兵書的心境和情懷，是一位不得志的愛國志士的自我寫照。全詩藴含着熾熱而深摯的感情，同時能把一己之情和廣大人民的悲慘境况聯係起來，使得詩篇具有相當的思想深度。詩的開篇描繪讀兵書的時間和環境，烘托出一種孤寂的氛圍，接下來發表感想。首先自述立志厮殺疆埸、報效祖國，其次感嘆人民的悲慘境遇和自己壯志未酬，最後喟嘆歲月蹉跎，希望在有限的生命中去實現理想。詩中情景相互襯托，身處蕭瑟之境，而心在萬里之外的沙場上；流離失所的民衆的哀號又把詩人拉回現實的情境中，通過這種現實與理想的强烈對比，讀者可以真切體會到詩人壯志難酬的心情。詩人的豪情壯志在現實中不免遭受拘迫，于是時而會生發出一種"駿馬寶刀俱一夢"的失落之感（《小園》）。這種失落的情懷在詩中又主要表現爲悲壯之情。元代方回認爲陸游特别善於創作"悲壯"的作品，但"無一語不天成"（《跋遂初尤先生尚書詩》）。這首五言古體詩就有"天成"的特點，雖然整體結構嚴正，但其間流動的是鬱鬱勃發的情感，自然成文。詩人學養深厚，胸中貯藏有萬卷書，同時又有一腔浩然之氣，面對古往今來之事，詩情自然流淌，不需要苦心雕琢經營。

游山西村

莫笑農家臘酒渾，
豐年留客足雞豚。
山重水複疑無路，
柳暗花明又一村。
簫鼓追隨春社近，
衣冠簡樸古風存。
從今若許閑乘月，
拄杖無時夜叩門。

題解

山西村，是山陰西南三山附近的一個村莊，臨近著名的鑒湖。宋孝宗乾道三年（1167）初春，陸游在故鄉閑住，這首敘寫農村生活的作品即創作於此時。陸游此際的心情是複雜的。宋孝宗在即位之初，起用主戰派人士，立志北伐，恢複中原。陸游深受鼓舞，向當局提出了許多有利於打擊敵人的軍事策略和政治措施。但後來他遭到當權的主和派的排擠，自隆興（今江西南昌）通判任上罷官，回到山陰三山居住。此詩生動地描繪出優美的自然風光和鄉村習俗，表達了作者對鄉村生活的真摯情感。

游山西村 詩意圖 陳惠冠 繪

【句解】

莫笑農家臘酒渾，豐年留客足雞豚

“臘酒”，臘月里釀造的酒，是準備過新年用的。“豚”，小猪，這里泛指猪肉。“足雞豚”即充足豐盛的雞肉、猪肉等佳肴美食。村里遇上一個難得的豐收年景，純樸真摯的村民們把豐盛的美食都拿出來招待客人。村釀臘酒看上去質量欠佳，有點混濁不清澈，但不要笑話農家人這樣的款待方式，因爲誠摯而熱情的好客之心纔是最可貴的。可以看出，作者在精神和情感上與憨厚樸素的農民是相通的。

山重水複疑無路，柳暗花明又一村

這兩句是家喻户曉的名句。一重又一重的山，一道又一道的水，正當人們懷疑前面是否已經没有去路的時候，却發現在緑柳紅花的掩映下，一個山村忽然出現在眼前。詩寫到這里，一種歡快而愉悦的情緒自然涌現出來。這一聯生動地描繪出江南山村所特有的旖旎風光。詩中所寫的景象，前人並非没有描摹過，例如王維《藍田山石門精捨》所説“遥愛雲木秀，初疑路不同。安知清流轉，忽與前山通”，王安石《江山》所説“青山繚繞疑無路，忽見千帆隱映來”，宋人强彦文詩“遠山初見疑無路，曲徑徐行漸有村”，等等。但在意境的拓展上，陸游這一聯詩却無人可比。它們既是寫景的佳句，同時又凝聚着抽象的哲思意味，生動地傳達出峰回路轉、絶處逢生的人生哲理，令人回味無窮。誠如近人錢鐘書所説，陸游詩將這種人生哲理發揮到了“題無剩義”的高妙之境。

簫鼓追隨春社近，衣冠簡樸古風存

古時在春耕前祭祀土神，以祈求五穀豐登，謂之“春社”。每當這個時候，村民都會聚集到村前的樹下祭神飲宴，吹吹打打，興盡方散。村里吹簫打鼓的聲音此起彼落，由此可知春社迎神的日子到了。村民們穿衣戴帽簡單而樸素，依然留存古時淳樸的風俗。詩人在這里描繪出一幅有濃濃鄉間氣息的社會風俗畫。質樸的鄉村生活圖景讓仕途失意的詩人獲得了某種心靈慰藉。

從今若許閑乘月，拄杖無時夜叩門

從今往後，如果容許我閑暇之時，趁着皎潔的月色前來拜訪，那會兒我會拄着拐杖，隨時有可能叩打你家的大門。“乘月”，趁着月色明亮。“無時”，隨時。這兩句是詩人和招待他的主人道別的話，以此來收束全詩，并應和詩題。從詩人道別的口吻來看，他與農家主人一定相處甚歡，交談得十分投機。這樣收尾，也道出詩人嚮往農村古樸生活的真摯之情。

評解

這首詩中每一聯分別表達一層意思，各自勾畫出一幅動感很强的獨立畫面。讀者幾乎可以把這些詩句看成從不同角度拍攝出來的山村風景畫與風情畫。整首詩又有一以貫之的情感脉絡，處處洋溢着輕快爽朗的韵緻、清新明麗的風格，説明詩人對前途充滿期望。與一般表現士大夫閑情逸緻的山水詩田園詩大不相同的是，這首詩不但寫出了風光迷人、山水秀麗的自然美，而且寫出了民風民情的敦厚淳樸與善良農民的心靈美，同時又滲透詩人熱愛人民、熱愛生活的高尚情趣。作品在情景交融中達到了高度的和諧統一，極富耐人尋味的藝術魅力。後人評價宋詩：“世稱宋詩人，句律流麗，必曰陳簡齋（陳與義）；對偶工切，必曰陸放翁（陸游）。”（元吴師道《吴禮部詩話》）這首詩層次清晰，語言明白曉暢，對仗尤爲工整貼切，尤其是“山重水複疑無路，柳暗花明又一村”一聯，出語新妙，音節流轉，既把難狀之景呈現在讀者眼前，又蘊含耐人尋味的理趣，使全詩增色不少。

劍門道中遇微雨

衣上征塵雜酒痕，
遠游無處不消魂。
此身合是詩人未？
細雨騎驢入劍門。

題解

宋孝宗乾道八年（1172），四十八歲的陸游作爲四川宣撫使王炎的幕僚，駐在南鄭一帶，親自參加戍守邊防，并參與規劃進軍長安的軍事行動。但這一籌劃遭到朝廷中投降派的阻撓和破壞。是年底，陸游被調任成都府安撫司參議官這一閑散的官職。這對一心馳騁疆場、報效祖國的詩人來説，是一個相當沉重的打擊。陸游在往成都赴任的途中寫成這首詩。“劍門”，即劍門山，在今四川劍閣縣東北，山勢雄奇秀麗，壁立如削；劍門道在大小劍門山之間。

劍門道中遇微雨 詩意圖 李也青 繪

【句解】

衣上征塵雜酒痕，遠游無處不消魂

“徵塵”，在旅途中沾染的塵土。衣衫之上沾染旅途的灰塵，還夾雜着酒汁的痕迹。如此出外遠游，着實讓人難以忘懷：既有風塵僕僕備嘗艱辛的一面，又有縱酒遣興豪放不羈的一面。沿途没有一處地方不令人神往，到處都是大好風光，它們隨時觸動詩人的心懷。詩人此時的心懷却是複雜的，是喜還是憂呢？詩人似乎也説不清楚，于是衹以“消魂”來表達。“消魂”，靈魂離散，形容極度的悲愁或歡樂的心緒。詩人此際壯志未酬，奔波他鄉，而身外則是令人陶醉的景物風光，心、物兩者互相牽動，悲喜交錯涌上心頭。“消魂”一詞融涵着詩人一言難盡的人生况味。有一點可以肯定，那就是詩人的心頭有隱痛，有不忍目睹的慘傷；“消魂”正是詩人複雜的精神世界的寫照。正如他在另一首詩中所表達的，“乾坤大如許，無處著此翁”（《醉歌》）。

此身合是詩人未？細雨騎驢入劍門

“此身”，指陸游自己；“合是”，應該是；“未”，表示疑問，與“否”意思相同。微微的細雨輕落，瀰漫在天地之間，作者滿身風塵，或許還帶着一點點醉意。走着走着，他禁不住發問：我這輩子是否也算得上一個合格的詩人呢？這兩句把詩人之思引向歷史深處，抒寫現實中的無奈和悵惘。陸游爲什么會作此想呢？因爲唐代的許多詩人有騎驢的典故，例如李白騎驢過華陰縣，杜甫曾“騎驢十三載”，李賀騎驢尋詩材、覓詩句，賈島騎驢吟詩等，騎驢成爲激發詩思詩興的意象。另外，陸游正在步入蜀地，而前輩詩人杜甫、黄庭堅等在入蜀之後，詩歌創作都進入新的境界，這對陸游來説也是一種激勵。他在濛濛細雨之中，騎一頭驢子進入雄偉的劍門關，自然會有“合是詩人”的聯想。但他又不甘於僅僅做一個詩人，在“細雨騎驢入劍門”時，他一嚮所秉持的抗金志嚮正經歷巨大的挫折，所以又發出“合是詩人未”的疑問。

評解

人們往往把唐代大詩人李白、杜甫等都曾在四川居住，與他們詩歌的高超造詣和所取得的巨大成就聯係起來。另外，在傳統文化中，驢子幾乎成爲詩人特有的坐騎，詩思和騎驢還聯係在一起。陸游在入蜀的途中、驢背之上，不禁自問：我是不是一個稱職的詩人？而更進一步，他意識到如果衹是博得一個詩人的名號，那並不是他的志嚮。當然，這看來瀟灑的自問當中，也表現了作者的自信心。誠如近代陳衍所説，通過這一問，作爲詩人的陸游“若自嘲，實自喜”。當然，這其中也有遠大志嚮不遂的惆悵，有莫可名狀的隱痛。看似平常之語，平淡背後却有豐腴之意，含蓄委婉而寄意深遠，且不乏風趣。這首七絶在後來的評論者看來，直可上追唐賢之境，“劍南（陸游）七絶，宋人中最占上峰。此首又其最上峰者，直摩唐賢之壘”。這首七絶之作在陸游作品中有不可忽視的地位。

醉歌

百騎河灘獵盛秋，
至今血漬短貂裘。
誰知老卧江湖上，
猶枕當年虎髑髏。

題解

這首詩是陸游在八十二歲時所作，詩的内容是回憶當年在南鄭的軍營生活。詩人晚年閑居家鄉，過着平静的田園生活，但往事仍不時涌上心頭。酒酣之時，他睹物懷舊，回想起在南鄭軍營圍獵刺虎、血漬貂裘的場景，不禁壯懷激烈。暮年的詩人退出江湖，但仍對戎裝戍邊的生活心嚮往之，他以身報國的豪情，正所謂“老驥伏櫪，志在千里。烈士暮年，壯心不已”。

醉歌 詩意圖 王同仁 繪

【句解】

百騎河灘獵盛秋，至今血漬短貂裘。

詩開篇即在記憶中展開一幕扣人心弦的圍獵場景：正值深秋季節，一支百人的騎兵隊伍在河灘上打獵。“盛秋”，指農歷的八、九月間；這時禾熟馬肥，常常會遭到邊敵入侵，所以古人在這期間倍加防范。一人一馬爲一“騎”。河灘是遼闊的，四周的背景、光澤是明亮的。這一句與下一句呈相互比照的關係：從歷史到現實，自遠而近，由明亮轉爲沉暗，通過“至今”兩字把兩組圖景結合起來。浸漬在貂裘上面的血痕，至今没有消褪，它現在已成殷殷的暗紅色。“血漬”，血液沾濡的痕迹；“貂裘”，貂皮製成的衣裘。這是一個訴諸視覺的特寫：短貂裘上依然留存有當年的斑斑血迹，不難想象當年射獵生活是何等激烈。這一件短貂裘顯然是詩人珍藏多年的心愛之物，從中不難體察詩人對當年軍旅生活的深深眷戀。

誰知老卧江湖上，猶枕當年虎髑髏。

南宋朝廷偏安江左一隅，并無收複中原的打算。壯懷激烈的詩人壯志難酬，現在年老衰邁，不得已退隱江湖之上，他昔日昂揚激奮的理想和抱負又有誰知呢？一個“誰知”，有不盡之意融涵其中。“老卧江湖”的衰邁形象，與當年圍獵的激揚盛况形成强烈而鮮明的對比。接下來的“虎髑髏”又回應此詩前兩句的描繪，補充説明當年打獵的具體内容是圍獵射虎。這使我們馬上聯想到，那短貂裘上的殷殷血漬想必是虎血。血似乎是詩人偏愛的一個審美意象，它傳達的是無所畏懼、奮勇殺敵的象徵，在另一首也題爲《醉歌》的詩中有“學劍四十年，虜血未染鍔”之句。雖然退出江湖，但他仍然枕着當年虎髑髏，表明雖然賦閑在家，報國之豪情壯志却絲毫没有減退，從戎殺敵的信念並没有消失。“虎髑髏”，據《西京雜記》記載，李廣射殺卧虎，以虎頭顱骨作枕。

評解

絶句詩形制短小，衹可精心剪裁，而不能容納過多的鋪叙抒寫。陸游這首小詩組織精密，前呼後應，比如前兩句衹寫盛秋圍獵的盛况，對所圍獵的對象避而不談，至第四句方以虎髑髏照應前文，使得全詩有生動流轉之美。

詩以“醉歌”爲題，讀來却毫無衰頹之意。詩人酒後首先想到的是當年的軍營生活，看到的是昔日圍獵時穿過的衣裝，現今形貌雖然衰邁蕭條，內心却依然虎虎有生氣。整首詩傳達的情感一波三折，回環往複，結語曲終奏雅，讀來令人精神爲之一振。愛國之心、報國之志已深深植根在詩人的精神信念當中，無論清醒抑或沉醉，無論閑居於荒江老屋之中，還是沙場點兵、金戈鐵馬，這種信念隨時伴隨着他。這首作品詩人似乎並沒有力求精工，讀者感受到的衹是詩人真性情的流露，但既然是“醉歌”，其情愈真，其語愈壯。整首詩氣勢磅礴，富有雄壯陽剛之美，真所謂“不求超脱而自超脱，不求精工而自精工”（清徐曉亭《塵談筆存》）。

金錯刀行

黃金錯刀白玉裝，夜穿窗扉出光芒。
丈夫五十功未立，提刀獨立顧八荒。
京華結交盡奇士，意氣相期共生死。
千年史册恥無名，一片丹心報天子。
爾來從軍天漢濱，南山曉雪玉嶙峋。
嗚呼！楚雖三户能亡秦，豈有堂堂中國空無人！

題解

乾道九年（1173），陸游時年四十九歲，奉調至嘉州(今四川樂山)。其年冬十月，他創作了這首詩。“金錯刀”，是一種相當名貴的刀，刀上以黃金鑲嵌成花紋；“行”，是古樂府中的一種體裁，即歌行體。前一年詩人應王炎的聘請赴南鄭任職，南鄭是宋、金對峙的前綫，他在此視察軍情，積極投身於收複失地的活動中。雖然已經離開了南鄭前綫，但回想起這段從戎生活，詩人還是熱血沸騰、心潮澎湃。這首詩所表達的報國决心和必勝信念，與詩人那段從軍生活有密不可分的關係。

金錯刀行 詩意圖　李崗 繪

【句解】

黄金錯刀白玉裝，夜穿窗扉出光芒

黄金錯刀已屬寶貴之物，刀柄、刀鞘上又裝嵌着白玉，這是立志英勇殺敵的將士愛不釋手的兵器。到夜里，它發出的熠熠光芒直穿過窗户，分外醒目。“窗扉”，即窗户。這光芒閃耀的金錯刀，仿佛就是詩人精神的化身，它質美品優，不甘於待在屋里成爲擺設，主動釋放出華彩，要去爲國殺敵。

丈夫五十功未立，提刀獨立顧八荒

我身爲一個堂堂男子漢，已經到了知天命的年齡了，却没有建立什么可以自豪的勛業，獨自一人手提寶刀悵惘地站在那里，環顧邊遠的八方。“丈夫”，詩人自指；“五十”，詩人寫此詩時四十九歲，言五十是舉其整數。“八荒”，八方荒遠之地，這里指祖國山河。李白《行路難》雲“拔劍四顧心茫然”，陸游則云“提刀獨立顧八荒”，他們都因不得志而心生苦悶，愁腸百結，發出强烈的感慨。

京華結交盡奇士，意氣相期共生死

在京城，我結交的都是有奇纔异能之士，我們意氣相投，并用遠大的理想來相互砥礪，都願爲報效國家而同赴生死。“京華”，京都；“奇士”，有奇纔异能的人。“意氣”，豪邁的志氣；“相期”，互相期望、共同勉勵。可見詩人的追求在那個時代並不是孤立的，與他志同道合的也頗有其人。

千年史册恥無名，一片丹心報天子

我希望青史留名，如果在那流傳千年的史册上没有自己的名字，將會感到羞恥。我懷着忠心，竭盡全力去報答當朝的天子。“丹心”，忠心。這兩句表達出詩人希望揚名於千載之下的决心，這一决心最迫切的體現就是以身報國，恢複中原，擊退南下入侵的金兵。一個“恥”字，道出詩人以天下爲己任的壯志和報效國家的赤子之心。

爾來從軍天漢濱，南山曉雪玉嶙峋

近來我投筆從戎，隨軍來到漢水之濱，駐守抗敵前綫。遥望晨曦中覆蓋着積雪的終南山，山峰奇崛挺拔，像晶瑩的白玉一樣參差聳立。“爾來”，意同“邇來”，即近來；“天漢”，指漢水。“南山”，終南山；“嶙峋”，山石重疊而參差不平的樣子。這兩句轉入對實景的描繪，抒發了對祖國大好河山的無限熱愛之情。

嗚呼！楚雖三户能亡秦，豈有堂堂中國空無人

“嗚呼”爲發語詞，這里表示慨嘆。楚國即使衹剩下三户人家，還相信能滅亡强大的秦國，何況一個偌大的中國，怎會空無一人呢！戰國紛争時，楚國被秦國逐漸吞並掉，楚懷王也客死於秦國。楚國人民异常憤恨，當時民間流傳“楚雖三户，亡秦必楚”。“三户”是指楚國三大姓昭、屈、景。後來滅秦的項羽、劉邦都是楚人，也許正應驗了這句民諺。詩人藉用這句話，表達他堅信中國大有人在，同心協力就一定能完成恢複中原的宏願。“堂堂”，盛大而威嚴的樣子。

評解

這首詩用歌行古體，自創新題。韵脚四句一换，以適應詩篇内容的變化。作品的内容前後關聯，層層相扣，組成一個整體，所藴涵的内在激憤之情則逐漸强烈。開篇四句以名貴的寶刀托物言志，表明自己的心迹。中間四句叙寫往日豪情壯舉，激勵自己當有所作爲。最後四句則以樂觀的心態鼓勵自己戰斗下去；末兩句所用的感嘆詞、疑問詞，很好地將跌宕起伏的氣韵貫穿於參差不齊的長短句中，讀來讓人更覺頓挫激昂。陸游的七言古詩正如後人所評價的那樣，雖有篇幅稍狹的不足，甚而有粗魯叫囂、不够含蓄藴藉的弊端，但他的七言古體佳作則往往以清健之氣積爲雄豪之辭，“途軌正，機局警，路徑分明”，讀來讓人發揚蹈厲、卓然興起。

關 山 月

和戎詔下十五年，將軍不戰空臨邊。
朱門沉沉按歌舞，廄馬肥死弓斷弦。
戍樓刁斗催落月，三十從軍今白髮。
笛裏誰知壯士心？沙頭空照征人骨。
中原干戈古亦聞，豈有逆胡傳子孫？
遺民忍死望恢複，幾處今宵垂淚痕！

題解

這首詩寫於宋孝宗淳熙四年（1177），陸游時年五十三歲，正在成都任職。淳熙二年（1175），范成大任四川制置使，二人以文字相交，不拘於俗常的禮法。這些行止被時人譏爲頹放。淳熙三年（1176），陸游因讒言而被免職。雖然在仕途上受挫，但他依然不改其北伐抗金的宿願。“關山月”，漢樂府橫吹曲名；橫吹曲本爲軍樂，按《樂府詩集·橫吹曲辭三·關山月》題解所言：“關山月，傷離别也。”《關山月》在古樂府中屬笛曲，以邊塞爲題材，大多抒發從軍戰士的思鄉懷人之情，風格蒼凉悲壯。陸游沿用這一樂府舊題，意在抒寫對現實的憤懣之情。

關山月 詩意圖 馬泉 繪

【句解】

和戎詔下十五年，將軍不戰空臨邊

皇帝下達與金人議和的詔書距今已經整整十五年了。那些守衛邊關的將士們衹得按兵不動，白白地讓歲月流逝，不能建功立業。

孝宗隆興元年（1163）十一月，宋孝宗下詔，讓大臣討論和戎、派遣使者等事。次年，南宋王朝派使者到金議和，訂立了屈辱的“隆興和議”。“戎”泛指我國西部的少數民族，這里指金人。自隆興元年下詔議和至陸游寫這首詩，正好十五年。開篇兩句交代全詩所表達的題旨的歷史根源。

朱門沉沉按歌舞，廄馬肥死弓斷弦

古時衹有豪門貴族纔可以用朱紅顏色塗漆門户，後來即以“朱門”指代豪門貴族；“沉沉”，形容庭院的深遠。豪門貴族的朱漆大門一重又一重，從里面傳出歌舞之聲。“按”，打拍子。杜甫曾説“朱門酒肉臭，路有凍死骨”，歌舞和酒肉密不可分，他們都以此抨擊權貴之家不顧國事危急、盡情享樂的生活。由於奉行屈膝投降的政策，戰馬不必上前綫馳騁，在馬廄里養得肥肥胖胖，在無所用的狀態中慢慢死去；武器被放置在庫房之中無人過問，也在歲月的塵埃中白白廢棄，連弓弦都斷了。“肥死”二字大膽而貼切，形象地暗喻當時權貴養尊處優、無所作爲的情形。

戍樓刁斗催落月，三十從軍今白髮

“刁斗”，古代行軍用具，銅質，斗形有柄；白天用作炊具，晚上則是巡夜打更的工具。在表現邊塞軍旅生活的詩歌中經常提到刁斗，如唐代李頎《古從軍行》：“行人刁斗風沙暗，公主琵琶幽怨多。”在邊防戍樓上，打更的刁斗聲不時響起，仿佛在催促明月沉落。那些三十歲即從軍在外的戰士，如今已是滿頭白髮。黑髮變白髮，也意味着壯志豪情在歲月和風塵中慢慢消失，這怎不令人感到悲哀？

笛裏誰知壯士心？沙頭空照征人骨

在演奏横吹曲的樂器當中，笛是經常出現的。横笛吹奏出悲壯的樂曲，可是又有誰能够真正理解忠義愛國之士的心情呢？戰場之上，沙土灘頭，明月慘淡冷清，徒然照着那些遠徵將士的白骨。年月無情流走，故土不能收複，將士空老邊關，死難的將士徒然地化成一堆堆白骨，他們拋灑的熱血在寒月的光芒之下不留任何痕迹。一個“空”字，透露出詩人的滿懷悲憤。

中原干戈古亦聞，豈有逆胡傳子孫

自古以來异族入侵中原大地，引起戰争，這些都時有所聞，但怎么能讓逆天而行的胡人盤踞中原，并且還留傳給其子孫呢？“中原”，指淪陷在金人鐵蹄之下的淮河以北的地區。南宋朝廷偏安一隅，自高宗南渡至孝宗淳熙四年這五十年間，金王朝在滅北宋、占據中原之後，也已經歷了金太宗、金熙宗等數代。

遺民忍死望恢複，幾處今宵垂泪痕

詩人的筆觸從邊塞戍樓上的將士，轉到侵略者統治下的中原地區廣大人民。“遺民”，這里指淪陷區的民衆。他們身處淪陷區，拼死挣扎活下去，盼的就是宋軍前來收複失地。詩人想到，今夜在很多地方，有很多中原父老鄉親正在暗暗垂泪，期盼着宋王朝的北伐和祖國的統一。

評解

在南宋詩人中，陸游因長於樂府和七言古體詩而有“小李白”之稱。這首樂府歌行對舊有題材加以改造，集中體現滿腔悲憤，使詩歌的内容、主題呈現出全新面目。開篇“和戎詔下十五年”，批評的鋒芒直指朝廷當局。詩人歷數種種亂象，陳述對歷史的認識。整首詩以“在同一個月光之下”爲綫索，巧妙地假借一位年老的戍邊戰士之口，從其所聞、所見、所感三個層面展開。全詩十二句，每四句一轉韵，相應地構成三個段落，分别刻畫將軍、壯士和淪陷區人民三類不同的人的境遇和心態。這是詩人所生活的那個時代的真實寫照，他所抒發的情感真摯自然，既憤懣又豪健。詩人痛責當朝者拋棄大好河山、苟且偏安、貪圖享樂的無耻行徑，傾訴愛國將士以及廣大人民的滿腔悲憤和不滿。整首詩在平易曉暢中，透出恢宏雄放的氣度。有詩評家認爲，“放翁則全以淋漓盡緻爲能事”（清翁方綱《七言詩三昧舉隅》）。淋漓盡緻也就意味着詩歌不够含蓄、不追求某種飄逸的神韵，而是一吐爲快、盡興盡緻。這種詩風，在民族危難之際有其重要的社會意義，不能單從藝術審美的角度加以評價。

登賞心亭

蜀棧秦關歲月遒，
今年乘興却東游。
全家穩下黄牛峽，
半醉來尋白鷺洲。
黯黯江雲瓜步雨，
蕭蕭木葉石城秋。
孤臣老抱憂時意，
欲請遷都涕已流。

題解

淳熙五年（1178），詩人被召回都城臨安（今浙江杭州）。這首詩是他經過建康（今江蘇南京）時所作。賞心亭故址在建康西秦淮河邊。它下臨秦淮河，可盡覽美景，是當時的游覽勝地。建康城在陸游的心中有着特別的地位。孝宗隆興元年（1163）宋金議和，陸游上疏反對以臨安爲都城，認爲臨安一地“以形勢則不固，以饋餉則不便，海道逼近，凜然常有意外之憂”；他主張以建康爲都城。這一建議没有被采納。第二年，陸游因議論朝廷之中有人“招權植黨”，觸怒孝宗，出任建康府通判。詩人此時再至建康，距上述往事已有十多年。

登賞心亭 詩意圖　王興華 繪

【句解】

蜀棧秦關歲月遒，今年乘興却東游

陸游在川陜一帶待了八年時間。如今回首，那些歲月仿佛被什么東西推攘着，匆匆而過。峥嶸歲月一去不複返，而此時詩人趁興會所至，順江而下，開始東游。“蜀棧”，蜀地的棧道，川陜之間山勢險絶之處傍山架木修建的通路；“秦關”，秦地的關塞。秦關蜀棧代指詩人生活過的四川、陜南一帶。“遒”，迫近；“歲月遒”即時光迫促、忽忽已盡之意。

全家穩下黄牛峡，半醉來尋白鷺洲

“黄牛峽”，在今湖北宜昌西。長江流經黄牛峽，江流迂回，重岩迭起，水勢湍急迂曲，是長江上行舟最險的地段之一。“白鷺洲”，在今南京西南的長江中、秦淮河分支的地方，因有白鷺聚集其上而得名。詩人在東游的過程中，全家人先是穩穩地通過了那水勢湍急、讓人驚悸不已的黄牛峽。既然乘興而來，當然需要有酒助興，詩人又帶着幾分醉意、幾分愉悦之心來尋找這“二水中分”的白鷺洲。由黄牛峽的惡灘險水來到風景秀麗的白鷺洲，詩人的愉悦神情、開朗心境可想而知。其實，他是以表面的清閑曠達來掩飾内心積鬱的隱憂之情，以暫時的輕快淡泊來襯托登臨深思的沉重。

黯黯江雲瓜步雨，蕭蕭木葉石城秋

登上賞心亭，臨風而立，放眼遠眺，天空中是密布的陰霾，濃濃的黑雲籠罩江面，瓜步山飄起冰冷的雨；無邊的落葉，在蕭瑟的秋風中沙沙作響，這石頭城已經被散播憂愁哀思的寒秋所籠罩。“黯黯”，深黑色；“瓜步”，即瓜步山，在今江蘇六合東南，東臨長江。“石城”，即石頭城，南京古稱石頭城。這兩句把詩人登臨賞心亭的心境和感受，以及舉目四望所見的自然景緻融合在一起，使得自然景物都染上了憂慮傷感的色彩。

孤臣老抱憂時意，欲請遷都涕已流

登高望遠，國家的命運、個人的理想抱負一時涌上心頭。石頭城離都城臨安已經不遠，自己抗敵救國的主張這次能否被接受、采納呢？雖然是乘興而游登覽勝景，且帶着醉意，但詩人對天下興亡之事還是念念不忘，他憂時傷懷，仍積極爲國事而經營籌劃。“孤臣”，孤立無助、不受重用或遠離朝廷在外的臣子，這里是作者自謂。“遷都”，當年詩人在樞密院任職時曾上書朝廷，建議以建康爲都城，以利於北伐和恢複中原，但未獲采納。如今這位孤臣又要回到朝廷了，雖然已入老境，但他憂時傷世的情懷不減當年，回想起奏請遷都之事，不覺感慨萬千，涕泪交流。至此一結，全詩所抒寫的思想感情達到高潮。

評解

詩人登臨勝景眺望四周，不禁觸景生情，他回首往昔，憂國感懷。詩篇把叙事、寫景、抒情融爲一體。前四句叙寫仕途波折和旅途經歷；接下來兩句描寫眼前凄凉蕭瑟之景，烘托憂國傷時的心境；最後兩句直陳胸懷，集中表達登臨之意，真可謂水到渠成。南京承載着厚重的歷史記憶，登臨賞心亭往往使人想到六朝往事，引發興亡之感。詩人東游之前，在成都曾寫出“位卑未敢忘憂國”的詩句。如今來到自己昔日所主張的遷都之地，現實却是朝廷依然偏安一隅，不求進取，朝中投降派勢力依舊强大。詩人登高望遠，心係國家安危。他不計較個人得失，雖然屢遭挫折，滿懷蒼凉和無奈，但仍不乏奮進和前行的力量。陸游的詩作之所以千百年之下猶能打動人，很重要的一個原因就是他作品中飽含高潔、奮進的精神力量。

過靈石三峰（其一）

奇峰迎馬駭衰翁，
蜀嶺吴山一洗空。
拔地青蒼五千仞，
勞渠蟠屈小詩中。

題解

淳熙五年(1178)秋，陸游應召至都城臨安，被任命爲提舉福建常平茶鹽公事。赴任前陸游曾返鄉，冬天時由山陰赴任所福建建安。這首詩是路過靈石山時所寫。原詩二首，這是前一首。“靈石三峰”，即靈石山，又名江郎山，簡稱江山，在今浙江江山縣縣南，江山縣以此山而得名。山有三峰，峰上各有巨石，高數十丈，奇崛陡峭。

過靈石三峰（其一） 詩意圖 李立公繪

【句解】

奇峰迎馬駭衰翁，蜀嶺吴山一洗空

一路走來，衹見陡峭而奇崛的靈石三峰迎着馬頭，高高矗立在那里，竟使我這個衰憊的老翁爲之驚駭。“衰翁”，詩人自稱。陸游閱歷豐富，到過的名山大川不少，但在他看來，巴蜀之地的峻嶺、吴地的群峰都比不上靈石三峰，相形失色，不值一提，就好像吴蜀兩地根本没有山似的。“蜀嶺”，蜀中的山嶺；“吴山”，即吴地之山，吴是古國名，指今江蘇浙江一帶。“一洗空”，一掃而空，好像不存在，這是誇張地表示吴蜀之山嶺不能與靈石三峰相比之意。

拔地青蒼五千仞，勞渠蟠屈小詩中

這座奇峰爲什么竟有如此峻拔逼人的氣勢呢？在詩人筆下，靈石山拔地而起，山勢高峻，聳入雲霄，且色澤蒼翠。“仞”，古代長度單位，七尺或八尺爲一仞；“五千仞”是虛數，極言山之高。把如此高峻奇偉的山峰寫到一首小詩里，詩人以開玩笑的口吻説，衹好委屈它一下了。“渠”，它，第三人稱代詞，這里指靈石三峰；“蟠屈”，蜷伏，盤曲地伏着。

評解

面對青蒼拔地、讓人心驚神駭的奇山秀峰，詩人的胸襟爲之一開，且不失輕靈幽默的情趣，戲稱要把這座山峰縮入自己寫的這首小詩之中。開始時山峰以挑戰的姿態出現在自感衰邁的詩人眼前，似乎故意要嚇倒他，但一經詩人筆觸的點化，山峰仿佛也有靈犀，伏伏帖帖地與詩人别出心裁的構思相配合。詩人在《春日》一詩也寫道：“雪山萬疊看不厭，雪盡山青又一奇。今代江南無畫手，矮箋移入放翁詩。”表達了作者對自然景物的熱愛和對自己狀物寫景能力的自信。短短四句詩，放得開，收得住，明白如話，淺中有深，平中有奇，不但生動勾勒出靈石三峰的雄姿，也展現出一個平和、自信、富有幽默情趣的詩人形象。

五月十一日夜且半，夢從大駕親征，盡復漢唐故地，見城邑人物繁麗，云：西涼府也。喜甚，馬上作長句，未終篇而覺，乃足成之

天寶胡兵陷兩京，北庭安西無漢營。
五百年間置不問，聖主下詔初親征。
熊羆百萬從鑾駕，故地不勞傳檄下。
築城絶塞進新圖，排仗行宮宣大赦。
岡巒極目漢山川，文書初用淳熙年。
駕前六軍錯錦綉，秋風鼓角聲滿天。
苜蓿峰前盡亭障，平安火在交河上。
涼州女兒滿高樓，梳頭已學京都樣。

題解

這首詩作於淳熙七年(1180)，作者已經五十六歲，在江西撫州（今江西臨川）任職。這首詩的題目可以算一篇小序，交代創作由來。“且”，接近；“夜且半”就是接近半夜。“從大駕”，跟從皇帝的車駕。“西涼府”，漢唐時所設的涼州，宋代設爲西涼府，府治在今甘肅武威，當時已經被西夏所

五月十一日夜且半，夢從大駕親徵，盡複漢唐故地，見城邑人物繁麗，雲：“西涼府也。喜甚，馬上作長句，未終篇而覺，乃足成之 詩意圖 王興華 繪

占。詩人做了一個夢，夢中隨宋孝宗收複漢唐故地，他非常欣喜，在夢中寫詩紀念，但詩還没有寫完就醒了，于是補足完成全篇。“足成之”，即把夢中未寫完的詩續完。這是一首記夢詩，通過詳盡描繪夢中之境，把平生理想淋漓盡緻地呈現出來。

【句解】

天寶胡兵陷兩京，北庭安西無漢營

“天寶”是唐玄宗年號，天寶十四年（755）安禄山起兵叛亂，東京洛陽和西京長安兩地先後被攻陷。安禄山所率領的軍隊主要由契丹、突厥等少數民族組成，所以稱之爲胡兵。“北庭”，唐代設北庭都護府，治所在今新疆吉木薩爾；“安西”，唐代設安西都護府，治所在今新疆吐魯番。後來，兩府駐兵撤回内地，兩地在唐德宗貞元年間都被吐蕃占領，漢人軍隊的營壘營帳蕩然無存。

五百年間置不問，聖主下詔初親征

這兩句直承前兩句所言的失地而言。五百年了，這些失地無人過問，没有人打算去收複它。“置不問”，弃置不管。從天寶之亂到陸游寫此詩的淳熙七年共四百餘年，“五百年”取其整數。到了今天，聖明的皇帝頒布詔令，要親自前往徵討西凉之地。這里所言“聖主”指宋孝宗。以下所寫都是夢中的情景。

熊羆百萬從鑾駕，故地不勞傳檄下

百萬大軍浩浩蕩蕩跟從皇帝的車駕向前開進。“熊”“羆”是兩種猛獸，借指勇猛的將士；“鑾駕”，皇帝的車駕。如此雄武勇猛的軍隊所到之處，故地人民一呼百應，應者如雲，根本用不着傳布檄文，過去被敵人侵占的地方就都光複了。“故地”，指西凉府。詩人夢見的宋軍是一支正義之師，所到之處“不攻而降城，不戰而略地”。

築城絶塞進新圖，排仗行宫宣大赦

這兩句描寫勝利後的盛況。“絶塞”，邊塞絶遠之地，指過去北庭、安西都護府轄地。那些遥遠的邊塞重新修築城防，并劃入新定的國家版圖，疆土由此拓展。皇上在行宫排列儀仗，宣布大赦的命令。“排仗”，排列儀仗；“行宫”，京城以外供帝王出行時居住的宫室，這里指詩人所夢皇帝親徵時暫時設在西凉的住所。古時在取得意義重大的勝利之後往往宣布大赦，對全國罪犯普遍赦免或者減刑，以宣示國家政權的穩固。

岡巒極目漢山川，文書初用淳熙年

極目所望，所有的岡巒、山川又全部複歸爲漢家的疆土。曾經被敵國侵占的土地上，從此往來的文書開始使用“淳熙”年號。“漢”，在這里借指宋朝；“淳熙”，宋孝宗的年號。

駕前六軍錯錦綉，秋風鼓角聲滿天

這兩句從視覺和聽覺兩個角度描述詩人所夢到的威武雄壯的軍容。六軍將士身穿五色斑斕的錦綉戰袍，鮮艷奪目。在勁爽的秋風里，戰鼓號角聲回蕩在高遠的碧空。“六軍”，按古代制度，天子有六軍，這里泛指皇帝統帥的軍隊；“錯錦綉”，指以錦綉製成的戰袍衣裳，它們五色錯雜。

苜蓿峰前盡亭障，平安火在交河上

苜蓿峰前，都是用來觀察敵情的哨樓和防衛的堡壘，它們守衛着遼闊的邊防綫；在交河上，晚上處處烽火，傳遞着平安的訊息。“苜蓿峰”，其地約在今甘肅省西部、新疆東部一帶，唐代詩人岑參有《題苜蓿峰寄家人》；“亭障”，邊境的守望亭和堡壘。“平安火”，唐代在邊境每三十里置一烽候，每日初夜舉烽火一炬以報平安，稱爲平安火；“交河”，舊縣名，是唐代安西都護府所在地，在今新疆吐魯番西。

凉州女兒滿高樓，梳頭已學京都樣

高樓中聚滿了凉州姑娘，她們愛美，愛好美麗的服飾，所梳的髪型已學的是京都最時髦的樣式。“京都”指南宋王朝的首都臨安。這兩句想象邊疆地區已經接受了中原文化的影響。

評解

陸游詩中慣用夢境來表達難以實現的救國理想。顯然，這不僅僅是一個簡單的詩歌技法問題。夢境中君主可以親徵，現實中的當朝者却一味苟安，不思進取，無意恢複淪喪的大片國土。夢境中國家一統、社會和平，現實中却是廣大淪陷區人民含泪忍死，憤恨不已。也許是現實太殘酷，詩人衹有以曲折隱幽之筆，借夢境來滿足内心的那份渴望，正所謂“奇想結夢寐，快意瀉肺腑”（清賈臻《讀放翁詩》）。詩人隨時隨地想着報效國家，時刻都有一洗家國恥辱的雄心壯志。衹要看到一綫希望，就會勃發出滿腔熱情；從他的作品中，讀者可以深切體會到那份激情。詩人抓住典型場景進行刻畫，大處落墨，小處著筆，在壯闊之美的同時又給人以細膩清新之感。這首詩是陸游諸多寫夢境的詩中寫得最爲真切具體的一首。詩的結尾用細微的筆觸描寫生活中細節的變化，以此來反映政治態勢的改變，堪稱絶妙之筆，頗得後世讚賞，同時也體現出作者體驗、觀察生活之細緻。全詩音韵有高華跌宕之緻，有圓轉流暢之美，與詩人深沉的思想情感、自由的想象融爲一體。這首詩藝術形式精緻，内容感人至深，其藝術特點可以概括爲“豪蕩豐腴”（元方回《讀張功父南湖集》）。

夜泊水村

腰間羽箭久凋零，
太息燕然未勒銘。
老子猶堪絕大漠，
諸君何至泣新亭。
一身報國有萬死，
雙鬢嚮人無再青。
記取江湖泊船處，
卧聞新雁落寒汀。

題解

淳熙九年（1182）秋，陸游在家鄉山陰創作了這首詩。他寄意山水之際，心中仍挂念國家恢複大業。歌吟生活中片刻的靜謐，難以掩蓋强烈、高漲的報國熱情。詩中夾雜着彷徨、悵惘、苦痛等深沉而跌宕的情思。

夜泊水村 詩意圖 李立公繪

【句解】

腰間羽箭久凋零，太息燕然未勒銘

唐代杜甫《丹青引》一詩有“猛將腰間大羽箭”之句，腰間的羽箭對於出徵的將士具有特别的意義。詩人的腰間也曾經挂着羽箭，滿懷壯志，豪氣衝天；但多年前他就被迫離開軍營，遠離帷帳，箭上的羽毛早已脱落。詩人衹能嘆息自己不能建功立業，刻石勒功。“太息”，嘆息；“燕然”，山名，即杭愛山，在今蒙古人民共和國境内；“勒銘”，刻石記功。東漢車騎將軍竇憲率兵大敗北匈奴，追擊至燕然山，竇憲令班固作銘，勒石記功。詩人用這一典故，慨嘆南宋未能擊敗金兵。

老子猶堪絶大漠，諸君何至泣新亭

陸游曾參加北伐，這里以“老子”指稱他本人。“絶大漠”，横穿大漠，借指北伐之戰；“大漠”指綿亘於我國内蒙古自治區和蒙古人民共和國一帶的大漠戈壁。西漢武帝時期，大將軍衛青、驃騎將軍霍去病率兵北絶大漠，追擊匈奴，長驅直入千餘里，取得了軍事上的重大勝利。詩人以此代指北伐金人、收複故土的豪情壯志。“新亭”，地名，在今江蘇南京南。西晋末年北方戰事頻仍，中原淪喪，被异族分割占領，晋室南遷。南遷的達官貴人、士大夫在新亭設宴暢飲，想起失去大好河山的現實，不禁相對涕泣。獨有王導不以爲然，他認爲哭泣無濟於事，應當振作起來以實際行動克複神州。陸游用這一典故，批評當時悲觀消極的士大夫，勸他們不必泪眼相對，當緻力於恢複大業。這兩句氣概豪邁不凡，可謂“生氣奮出，千古常新”（近人吴生語）。

一身報國有萬死，雙鬢向人無再青

詩人决心以一己的身軀、頭顱和熱血去報效國家，萬死不辭。這永不退縮的决心着實讓人感佩敬仰。然而捨身報國衹是主觀願望，時間如流水一樣無情，此時詩人兩鬢已經染上白霜，不會再回到青年時期。“青”，黑色；“無再青”是説已經變白的雙鬢不能恢複曾經的黑色，比喻人老了不能再返還少壯。詩人的青春一去不複返，但他的報國之心却從未衰老。這兩句正如《唐宋詩醇》所評價，“率多胸臆，兼有氣骨，可爲南渡君臣慨然嘆息”。

記取江湖泊船處，卧聞新雁落寒汀

新秋時節，那些剛從北方飛來的大雁停落在寒冷的沙洲之上。“汀”，水邊平地，小洲；“寒汀”即寒冷、冷清的沙洲。北方便是中原淪陷區，大雁的聲聲唳鳴能够帶來中原的訊息嗎？北方的那些百姓們生活如何呢？夜深人静之時，詩人在停泊於湖邊的船上，卧聽新雁的聲息，心情複雜。他或許期盼這新來的大雁能够知道他的壯志雄心，體會到他的痛苦和哀愁。

評解

這首詩起句不凡，開篇直抒胸臆，一聲“太息”把讀者帶入沉鬱悲凉的氣氛之中。陸游《樓上醉書》説他的志嚮是“丈夫不虚生世間，本意滅虜收河山”。但現實不允許他刻石勒功，成就一番不朽的勛業。他以豪放之筆表達自己生生不已的信念，并批評那些衹知悲觀失望而缺乏斗志的士大夫。詩的尾聯扣合“夜泊水村”的詩題，詩境也由豪壯一變而爲細膩清新，表達詩人深沉的思考和感慨。全詩感情跌宕而深沉，音節鏗鏘有緻，是一首通體混成、意境貫通、一氣呵成的佳作，當得起清人潘德輿《養一齋詩話》對陸詩的評價：“著句既遒，全體亦警拔相稱，蓋忠憤所結，志至氣從，非複尋常意興。”

寄題朱元晦武夷精舍

身閑剩覺溪山好，
心静尤知日月長。
天下蒼生未蘇息，
憂公遂與世相忘。

題解

這首詩作於淳熙十年（1183）秋。“元晦”是宋代著名理學家、教育家朱熹的字。淳熙十年夏，朱熹在福建崇安武夷山築精捨講學，四方請學之士甚多。“精捨”，即學捨、書齋。詩人通過這首作品，含蓄提醒朱熹在山中講學之時，不應忘掉民間疾苦。

寄題朱元晦武夷精捨　詩意圖　馬援　繪

【句解】

身閑剩覺溪山好，心静尤知日月長

人在閑暇之時，没有俗務羈絆，没有世事壓在心頭，置身山泉林溪之間，自然覺得山好水好。没有外物攪擾，内心自然寧静平和，就會覺得歲月悠長而有意味，没有匆迫之感。“剩”，更。這兩句富有哲思理趣，暗示朱熹等理學家所提倡的儒家心性之學的特點。

天下蒼生未蘇息，憂公遂與世相忘

詩人筆鋒一轉，指出現實情形是南宋王朝對金屈膝求和，備受异族欺辱，國家分裂，天下蒼生尚身處水深火熱之中，不得安居樂業。陸游一生追求在當世建功立業，希望解决現實的國家、民族危機。作爲宋代理學集大成者的朱熹，主要緻力於承續儒家思想學術的活動，陸游擔心他一味沉浸於書齋之中，而忘掉身邊的現實世界。陸游以一個“憂”字，誠摯地提醒以朱熹爲代表的理學家們，希望他們能更多地關注現實。“蒼生”，老百姓；“蘇息”，蘇醒、複活。

評解

陸游的詩歌作品頗受朱熹的讚賞，這位理學大師認爲陸游作品在筆力上有“健”的特點，并稱讚“放翁之詩，讀之爽然，近代惟見此人爲有詩人風緻”（《答徐載叔賡書》）。陸游的詩風之所以“健”，與他鬱鬱勃發的經世精神、愛國情懷密不可分。唐末五代之時“天下岌岌，生民救死不暇”，而此時許多詩文家却依舊流連花間酒下，衹知宴飲作樂，不問世事，陸游否定他們的創作價值，認爲他們的詩歌多是“出於無聊”，詩格詩風卑下（《跋花間集》《跋後山居士長短句》）。

朱熹年齡比陸游略小，陸游在這首詩中下語熨帖得體，對後輩的關愛之情歷歷可見，稱得上是仁者之言。其實朱熹本人的思想並不脱離現實，他曾經提出“非戰無以複仇”的主張，衹是迫於朝中政局的壓力纔不得不急流勇退，隱居著述，緻力於講學。朱熹從事講學活動，捍衛儒家先聖之道，拒斥异端邪説，立志爲生民立命，爲萬世開太平，是另一種關注現實的方式。陸游這首詩對朱熹有所勸勉，流露出誠摯而博大的關愛之情，如《唐宋詩醇》

所評：“惟朱子稱此詩，惟此詩可寄朱子，所云詩中有人者。”陸游的勸勉與其抗金志士的身份極爲相契。當時確實也有不少儒士自認爲從事的是聖學大業，但其實並不關注國家安危、蒼生疾苦。在陸游看來，如果把時代、社會的大問題置之腦後，那樣的治學、講學沒有多大意義。近代陳衍評述此詩說：“極得本人身份，如此詩真不苟作也。”

書憤

早歲哪知世事艱，
中原北望氣如山。
樓船夜雪瓜洲渡，
鐵馬秋風大散關。
塞上長城空自許，
鏡中衰鬢已先斑。
出師一表真名世，
千載誰堪伯仲間。

題解

這首膾炙人口的名篇作於宋孝宗淳熙十三年（1186）春。陸游時年六十二歲，閑居山陰。詩中追述青年時代的戰斗豪情，仰慕那些英勇抗敵的英雄，對朝廷苟安妥協的政策有所不滿，抒寫自己壯志未酬的悲憤之情。詩題爲“書憤”，詩人以沉鬱頓挫的聲調、激越悲壯的聲情，表達對國事的憂憤。全詩圍繞着一個“憤”字展開，開合自如，收束有度，情感充沛，富有藝術感染力。

書憤 詩意圖　陳惠冠 繪

【句解】

早歲哪知世事艱，中原北望氣如山

六十二歲的老詩人回想起自己的青年時代，那時的抱負、氣概真是壯如山岳，哪里知道什么世事的艱辛！北望中原故土，更增强了抗金的意志。“早歲”，指青壯年時期。北望中原，詩人首先想到的是未收複的失地，胸中的義憤之氣鬱積如山，恨不得即刻投入戰斗。“哪知世事艱”，并不是説“少年不識愁滋味”，而是没有想到實現這種殺身成仁、雪耻報國的志嚮如此艱難。

樓船夜雪瓜洲渡，鐵馬秋風大散關

“樓船”，高大的戰船、戰艦。“瓜洲渡”，在長江北岸，今江蘇鎮江的對面，是運河流入長江的地方，係當時重要的軍事據點。宋高宗紹興三十一年（1161）冬天，金軍大舉南下侵宋，兵集瓜洲，準備渡江逼近南京城。宋朝將士在瓜洲一帶造戰艦拒守，進行堅决抵抗，後來金兵全面潰退。“鐵馬”，披鐵甲的戰馬；“大散關”，亦稱散關，在今陝西寶雞西南大散嶺上，是當時宋、金邊界的要塞。紹興三十一年（1161）秋，金人侵入大散關，宋軍將士與之激戰，最後擊退金兵。第二年，宋收複大散關。鐵馬，秋風，肅殺的軍鎮，這些都是陸游詩作中反複出現的意象；東南的瓜洲渡、西北的大散關，都是作者的舊游之地，也是他最難忘懷的經歷。通過這一聯，詩人把兩個軍防重地聯結在一起。隆興二年（1164），他任鎮江通判時，曾參與籌劃對金作戰。乾道八年（1172年），陸游在南鄭擔任軍事幕僚，曾在大散關周邊視察軍情，搜集敵情，并參加過一些與金軍的遭遇戰。這兩句在回想過去的抗敵經歷時，又追憶宋軍對金兵作戰勝利的往事，表達對勇於抗戰的將領的敬慕嚮往之情。大雪紛飛的冬夜，高大的戰船；秋風蕭索的日子，險峻的大散關。詩人選取典型意象，把它們干净利落、鮮明突出地組合在一起，戰場的氣氛隨之而出，使讀者仿佛立即置身於那種真實的歷史場景。清人方東樹《昭昧詹言》評價這兩句説：“妙在三四句兼寫景象，聲色動人。”

塞上長城空自許，鏡中衰鬢已先斑

《南史·檀道濟傳》記載，南朝劉宋名將檀道濟自喻爲禦敵衛國的萬里長城。唐太宗也曾把名將李勣比爲長城。早年，豪氣穿雲的陸游以“長城”自許，以親赴邊塞殺敵衛國爲志願。但現在攬鏡自照，他鬢髮都斑白了，上述志願却並没有實現，力不從心的悲涼、壯志未酬的哀嘆之情愴然而生。“自許”，對自我的期待。雖然詩人志願難遂，留下了深深的遺憾，但他的浩然磅礴之氣、捨我其誰的精神千百年下仍能深深打動讀者。

出師一表真名世，千載誰堪伯仲間

三國時諸葛亮在出兵伐魏前，撰寫《出師表》給蜀後主劉禪，表明自己複興漢室的決心。“名世”，有名於世，流芳百世。陸游有多首詩作都稱頌諸葛亮及其《出師表》，究其原因，是由於《出師表》可以代表陸游自己的心聲，也就是諸葛亮文中所言“將率三軍，北定中原……興複漢室，還於舊都”等志願。這兩句從悲涼哀嘆之情中又振作起來，回想堅持北伐的古代偉大人物諸葛亮，作者的思想到達新的境界。他慨嘆千百年來，還有什么人能與諸葛亮相提並論，同時透露出决心以諸葛亮爲楷模、自勉自勵的用意。清代范大士在《歷代詩發》中評論這兩句：“結句自負，妙有渾含。”結尾這兩句，也隱含了壯志成空的詩人對當朝者、當權者的批評。諸葛亮是忠義的化身，他率兵北伐，鞠躬盡瘁，死而後已，這樣的人物，當時南宋朝中又有哪個可以與之相比呢？“堪”，可以，能。“伯仲”，古時兄弟間的長幼次序，長爲伯，次爲仲；評論人物時，以相差不遠爲伯仲。

評解

西方有“憤怒出詩人”的説法，中國唐代韓愈也有著名的“不平則鳴”論。詩人這里表達的“憤”，包含憤怒、怨憤、發憤等多個層面的複雜含義。但無論何種“憤”，內在的“不平之氣”都是這首詩的主心骨。這種思想情緒在陸游的作品中具有標志性意義，正如清代紀昀所言：“此種詩是放翁不可磨處。集中有此，如屋有柱，如人有骨。”全詩感情悲壯，憂憤不盡，氣勢沉雄，稱得上是陸游七律詩的代表作。清代李慈銘《越縵堂詩話》評論此詩：“全首混成，風格高健，置之老杜集中，直無愧色。”的確，這首詩很容易讓人聯想到杜甫《蜀相》一詩中的名句：“出師未捷身先死，長使英雄泪滿襟。”這兩首詩可謂前後輝映。

從藝術表現角度看，陸游這首詩虛實相生，情景結合，用典無絲毫板滯之感，屬對精工而自然。全詩寫得有聲有色，氣概萬千，渾然一體，千載而下讀來仍有震撼人心的力量，如清代潘德輿所説，“蓋忠憤所結，志至氣從，非複尋常意興”。忠憤是陸游《書憤》這類七律詩的一個基調，正因爲有這樣一種崇高的“憤怒”，纔會有詩作中自然流淌的“氣”、永不衰頽的“志”，詩歌纔會呈現出打動人心的不一般的“意興”。

臨安春雨初霽

世味年來薄似紗，
誰令騎馬客京華。
小樓一夜聽春雨，
深巷明朝賣杏花。
矮紙斜行閑作草，
晴窗細乳戲分茶。
素衣莫起風塵嘆，
猶及清明可到家。

題解

這首詩寫於淳熙十三年（1186）春，作者時年六十二歲，此前五年一直賦閑在家。這年春天，陸游重新被起用出知嚴州，并得到宋孝宗召見。這首詩即創作於詩人被召見後在臨安小住之時。長期的閑居生活使詩人的濟世之心不得舒展，他愈發苦悶。天子的召見本應是一展宏圖的好時機，但孝宗對陸游關係國計民生的建議不予回應，祗是勸慰他任職之餘大可游歷山水，吟詩作賦以求自樂。此次出外任職讓陸游頗感失望。在上任之前，陸游訪友品茗，以解不快。全詩寫得清新俊逸，工麗細膩，新意叠出，生動傳神，化用他人的詞句而不留痕迹，顯示了不凡的藝術匠心。這首詩也是陸游的代表作。

臨安春雨初霽 詩意圖 劉國輝 繪

【句解】

世味年來薄似紗，誰令騎馬客京華

“世味”即世情。人情世態澆薄，官場之中更有骯髒污濁之氣，一旦投身其中就有不得已的苦楚。古代富貴之人的坐騎是馬，貧賤之人衹能騎驢。這里詩人自言“騎馬”，暗示自己被徵召做官。既然對人情世故、世態炎凉有如此深刻的體察和認識，緣何還要來到京華之地呢？作者似乎也没有想到朝廷會重新徵召他，當他重新出來爲官，心境無疑是複雜的，當初的滿腔熱情經當朝者的幾番冷落，究竟還能殘留幾分？一方面是爲國家效力的渴望，一方面却是人情淺薄的世態，兩者之間的矛盾，使詩人頗有些迷茫無奈。“令”，教、使之意。

小樓一夜聽春雨，深巷明朝賣杏花

詩人住在臨安城内的小樓之上，或許是夜不能寐，想着剪不斷理還亂的心事吧，春雨之聲整夜在他耳邊縈繞。這一句既寓有詩人淡淡的春愁，又有一種欣快之意，無論如何，經過春雨的洗刷，那些花花草草肯定會更加嬌艷潤澤。清晨春雨初霽之時，小巷深處傳來陣陣的賣花聲。賣花人走街串巷的賣花聲帶來了春天的訊息，衝淡了春愁。這兩句很容易讓人想起南宋另一位著名詩人陳與義的名句：“客子光陰詩卷里，杏花消息雨聲中。”陳與義這兩句幾乎可以概括陸游這整首詩的意境、内涵，但與陳詩相比，陸游此詩富有層次感，所傳達的思緒在時間、空間上逐次展開，具有内在的詩情上的邏輯聯係，更覺清新秀麗，詩情雋永。這一聯詩備受後人讚嘆，被認爲有“唐人風韵”。

矮紙斜行閑作草，晴窗細乳戲分茶

“矮紙”，即短紙。東漢草書大家張芝認爲，寫草書應當在閑暇、閑適之時進行，要比寫楷書更慢一些，事務匆促之際是不能寄情於草書的。“閑作草”即暗示詩人客居無事，有充分的空閑時間。“細乳”，據《茶譜》 “婺州有舉岩茶，其片甚細，味極甘芳，煎如碧乳”，或即指此。“分茶”是飲茶時進行的一種游藝，在宋代曾流行於社會上層，甚至還流傳到金國的宫廷當中，今已失傳。蘇軾《浣溪沙》詞也有“雪沫乳花浮午琖”之句。“分茶”也暗示詩人閑居多暇。

素衣莫起風塵嘆，猶及清明可到家

京城之中權勢縱橫，處處有骯髒齷齪的交易，置身複雜的權力關係當中，人心、人品、人情幾乎都被玷污了。晋代陸機《爲顧彦先贈婦》詩云“京洛多風塵，素衣化作緇”，説都城中的人情世故如無處不在的塵埃，一旦步入其中，素淡的衣物就會被染上污濁之色而變黑。詩人旅居在外，對人情冷暖體察殆盡，不禁爲之慨嘆。值得慶幸的是，他即將離開熙熙攘攘、權利熏人的京城，還來得及在清明之際趕回家鄉。詩人這種“逃”的姿態，反襯出官場的污濁不堪，并與開頭兩句相呼應，表達了詩人對官場生活的厭倦之情。

評解

都城臨安的一場春雨剛剛停止，天氣轉晴。在這樣一個清新而明亮的春日，詩人的心境却略帶消沉、黯淡。清代馮舒從這首詩的“光景氣韵”即思想情感、藝術形式出發，推論此詩爲作者的少年之作，那是誤解。作者創作此詩時已經六十二歲了，壯志難酬，心緒鬱鬱不得其所，起起落落的官場生活更讓他心生厭倦之情。除了抒發慷慨忠義之志的篇什之外，陸游詩中還有大量以閑適之心、精緻細膩之筆曲盡士大夫日常生活情趣的作品，這首詩便可視爲後一類詩的代表作。明代胡應麟認爲“小樓”一聯確實出色，但“不知已落詩餘矣”（《詩藪》外編卷五），道出了這首詩歌的特點，即主要抒發一己之私情，而這在宋代主要是通過詞（也稱“詩餘”）這種文體來表現的。清代紀昀批評此詩“格調殊卑，人以諧俗而誦之”，顯然過於嚴苛，并非公允之論。其實，這首詩的特點恰恰在於工巧而親切，富於生活氣息，這種“諧俗”風格没什么不好。

夜歸偶懷故人獨孤景略

買醉村場夜半歸，
西山落月照柴扉。
劉琨死後無奇士，
獨聽荒雞泪滿衣！

題解

這首詩寫於宋光宗紹熙元年（1190）秋，詩人時在家鄉山陰。獨孤景略，名策，字景略，河中人。他工文善射，尤喜擊劍。孝宗淳熙四年（1177），陸游在蜀中結識獨孤策，并推許他爲一代奇士。《劍南詩稿》中有多首詩酬贈獨孤策。得知獨孤策死去的消息，陸游即賦詩哀悼，懷念這位死去的知己。

夜歸偶懷故人獨孤景略 詩意圖 馬泉 繪

【句解】

買醉村場夜半歸，西山落月照柴扉

在鄉村的市場上沽酒痛飲，詩人直到半夜時分纔歸來。“買醉”，意謂沽酒暢飲。沉浸在失去友人沉痛中的詩人爲什么會買醉，且直到半夜纔回家呢？唐代李白《梁園吟》：“沉吟此事泪滿衣，黄金買醉未能歸。” 陸游買醉，也是因爲有抑鬱的心事，欲借酒澆愁。回家的路上，醉眼朦朧的詩人看到西山的落月把一片清輝映照在柴門上。這樣一個清冷寂静的世界，容易讓人有所思、有所感、有所悟。“村場”，鄉村集市。陸游詩中多次提到村場，如《新涼書懷》有“歲樂村場酒易沽”之句。

劉琨死後無奇士，獨聽荒雞泪滿衣

詩人買醉而歸，獨自站在柴扉之前，若有所思。幾聲不經意的雞鳴，讓他想起了已經不在人世的故人。這里詩人以劉琨來比獨孤景略，以祖逖、劉琨的關係來比自己和獨孤景略的友情。劉琨字越石，兩晋之際著名詩人和愛國將領。劉琨與祖逖是好朋友，年輕時共被同寢，夜半聽見雞鳴，二人即起床舞劍，以圖報國，留下“聞雞起舞”的美談。詩人感慨自從獨孤景略死後，再也遇不到什么志同道合的人了，如今獨聽夜半雞鳴，不覺潸然泪下。“荒雞”，指夜間不按時鳴叫的雞。

評解

詩人在感懷故人的同時，也在痛惜自己的身世。他憂心南宋王朝抗金士氣不振，即便在金朝大勢已衰的情形下，很多人仍畏避苟安不思進取，爲此詩人曾慨嘆“賊勢已衰真大慶，士心未振尚私憂”。他與孤獨策兩人意氣相投，都有抗金報國的志嚮和情懷，“一樽共講平戎策”（《獵罷夜飲示孤獨生》）。詩人一生懷抱恢複中原之志，“滅胡心未休”；他敢於直諫，爲民請命。但身處惡劣的大環境中，他無疑是孤獨的，宦海中曾屢遭貶斥，仕途坎坷。如今知己友人又死去，詩人將變得更加孤獨，如何能不傷感！詩中所寫之景寥落孤寂，把詩人的頹傷悲涼之情烘托出來。西山落月的輝光，夜半荒雞的鳴叫，都使他倍感失去友人的哀傷。作品意境開闊，寫景起興切近而寄意深遠，收放有度，用典渾然無迹，讀來讓人頓生無限感慨，無怪乎《唐宋詩醇》評述此詩的後兩句說："觸緒長嗟，言在此而意在彼，十四字中波瀾甚闊。"

秋夜將曉，出籬門迎凉有感（其二）

三萬里河東入海，
五千仞岳上摩天。
遺民泪盡胡塵裏，
南望王師又一年！

題解

這首詩寫於紹熙三年（1192）七月，此年陸游六十八歲。詩人以“秋夜將曉，出籬門迎凉有感”爲題，共創作了兩首七絶，這里選的是第二首。“將曉”，天快要亮的時候。秋天的夜色即將退却，詩人走出籬門，迎面吹來的是略帶凉意的風。詩人也許是想在大自然的風露中换换心情，但沉重的現實形勢，使他的心情難免煩悶鬱滯，詩的風格同樣沉鬱憂憤。

秋夜將曉，出籬門迎涼有感（其二） 詩意圖 謝志高繪

【句解】

三萬里河東入海，五千仞岳上摩天

“河”，指黄河，三萬里是極言其長。黄河浩蕩奔騰，不捨晝夜，向東注入波瀾壯闊的大海。“岳”指西岳華山；“五千仞”極言華山之高；“摩天”是説華山高得幾乎可以碰到天了。華山巍峨峻拔，直指青天。這兩句對仗精工，音節鏗鏘有力，形象地傳達了詩人對祖國壯麗河山的深深摯愛。的確，没有什么比源遠流長的母親河黄河、頂天立地的巍巍山岳更能代表北國的壯美風光。按錢鍾書的看法，“三萬里河”“五千仞岳”不但指黄河、華山，同時也含有嚮往這個地區所出的名將、名相、英雄之意（《宋詩選注》）。如此理解的話，與下面兩句詩就可以更好地結合起來。

遺民泪盡胡塵裏，南望王師又一年

淪陷在金人占領地區的宋朝百姓，仿佛被遺棄在异族鐵蹄下的孩子，生活困苦不堪，精神上更是備受屈辱。“胡塵”，金兵在行動中揚起的塵土，代指金人所占領的地區。生活在金人統治下的老百姓，他們的眼泪都已經流盡，他們遭逢的痛苦已經無以複加。這個時候他們還能做些什么呢？祇能是天天面向南方，盼望南宋的軍隊能够北伐，拯救他們於水火之中。可是他們等呀等，一年又一年，却始終没有好消息傳來。這也就是《關山月》里所説的“遺民忍死望恢複，幾處今宵垂泪痕”。“王師”，指南宋的軍隊。一個“又”字，生動地表現了淪陷區人民引頸期盼恢複故土的迫切心境，也把詩人對南宋朝廷的失望之情曲折地傳達了出來。從河岳的雄偉壯麗到令人憤慨失望的歷史和現實，詩人的情緒也由高亢激越轉爲低落沉痛。

評解

陸游狀寫景緻風物筆力老到。此詩開篇兩句境界開闊，景色壯美。但對仗精工並不是陸游詩歌的真精神，詩句中飽含的濃烈的愛國愛民的聲情氣象，纔是陸游詩歌的神髓所在。滔滔黄河、巍巍華山都在金人的控制范圍之内，大好河山淪喪，這怎不令人沉痛。詩人與淪陷區的百姓們一樣迫切地想知道，它們何日纔能重歸宋王朝的懷抱？然而他們也都知道，這種期盼幾乎是種奢望。這首詩表達了陸游對南宋統治集團的怨憤情緒，同時也體現出詩人對中原父老的關切心情。詩人懷着難以遏抑的赤誠愛國之情，但在這首詩里，他並没有正面呼號吶喊着要求北伐，而是以冷静的筆觸描摹在“胡塵”中掙扎的廣大老百姓的形象。借助這一訴諸感性、令人心酸的群體形象，激蕩出人們内心深處的愛國之情、報國之志。這就是中國詩歌傳統中所推崇的“詞微而顯”的“風人之緻”，即詩歌所具有的婉轉而深沉的感染力。在同題的另一首詩中，詩人云“壯志病來消欲盡，出門搔首愴平生”，側重於自我感喟。而這首詩則把詩情引向了更爲壯闊的社會政治現實，觸及淪陷區廣大百姓的憤懣心緒，有更爲强烈的藝術感染力和衝擊力。

夜讀范至能《攬轡録》，言中原父老見使者多揮涕。感其事，作絶句

公卿有黨排宗澤，
帷幄無人用岳飛。
遺老不應知此恨，
亦逢漢節解沾衣。

題解

這首有着强烈愛國之情的詩作於紹熙三年（1192）。詩人退居山陰，仍念念不忘國事，夜讀范成大的《攬轡録》，浮想聯翩，發而爲詩。范至能即范成大，字緻能，一作至能，别號石湖居士，吴郡（今江蘇蘇州）人，他與尤袤、楊萬里、陸游合稱南宋四大家。范成大於乾道六年（1170）以宋朝特使身份出使金國，其間所撰寫的日記即爲《攬轡録》。范成大在出使過程中，爲堅持國家利益進行了不屈的抗辯。書中記載，范成大過相州（今河南安陽）時，“遺黎往往垂涕嗟噴，指使人云：‘此中華佛國人也。’老嫗跪拜者尤多。”陸游夜讀此書，感慨萬分。“父老”，對老年人的尊稱，這里指那些年紀較大的老百姓。

夜讀范至能《攬轡録》，言中原父老見使者多揮涕。感其事，作絶句　詩意圖　汪國新 繪

【句解】

公卿有黨排宗澤，帷幄無人用岳飛

詩人在讀《攬轡録》時，情緒是鬱結憤懣的。當這一心緒和詩人自己的經歷、對歷史的理性思考結合在一起，詩情就像火山噴發一樣，在論説史事的過程中盡吐其胸臆懷抱：公卿大臣們結成朋黨，排擠主戰的宗澤；那些掌握軍權的官僚，竟不肯重用智勇雙全的岳飛。“公卿”，這里特指宋高宗寵信的投降派黄潛善、汪伯彦等人；“排”，排擠。宗澤是兩宋之交時的抗金名臣，屢次擊敗進犯的金兵。宋欽宗靖康元年（1126）八月，宗澤出知磁州（今河北磁縣），率部抗擊金兵，名聲大震；建炎元年（1127），任汴京（今河南開封）留守，在開封修建防禦設施，加强治安，整頓秩序，同時聯絡北方抗金義軍共同抵抗入侵者。金人畏懼宗澤，以至於對他有“宗爺爺”之稱。宗澤把開封整頓成抗金的堅强堡壘，同時爲了收複失地，他積極籌備渡河。宗澤先後上了二十餘份奏疏，懇求還都開封，安定民心，振作士氣，再圖大業。但宗澤的一片報國忠心絲毫未能改變已經逃至揚州的宋高宗和一批力主求和的大臣的投降立場。他們不但不理睬宗澤的建議，反而懷疑他，派副留守加以監視，從中掣肘。建炎二年，宗澤憂憤成疾，連呼三聲“過河”而含恨辭世。岳飛曾爲宗澤的部屬，他身經百戰，屢建奇功，是南宋初期的抗金名將。紹興十年(1140)，岳飛統率大軍破金兵於郾城，進軍朱仙鎮，距離開封僅有四十五里，金軍已軍心涣散，收複故都即在眼前，勝利在望。但南宋朝廷執行投降政策，嚴令岳飛退兵。那些已經被岳飛收複的河南失地重新落入金人手中。“帷幄”，軍營的帳幕，這里指朝廷的軍事决策機關。

遺老不應知此恨，亦逢漢節解沾衣

詩人表達自己的思想情緒，有婉轉曲折之妙，其中“應”“亦”的運用尤見筆力。試想一下，那些淪陷區的父老鄉親應該並不知道投降派誤國的恨事，但他們碰到宋朝的使節時也會流下傷心不已的眼泪。“應”，是設想推測之辭。“漢節”，漢家的使節；“節”是古代出使的人所持的信物。漢代蘇武持節出使匈奴，回來時已經是“節旄盡落”。詩人借漢言宋，“漢節”即指出使金國的范成大。“亦”字説明更有甚者；“解”，懂得，了解；“沾衣”，泪水沾濕了衣裳，形容傷心之極。連不了解權黨誤國的遺民父老見到南宋使節都如此傷心，那么，像詩人這樣深知“此恨”的人，又該是如何的悲憤、如何的傷心！無限的憤懣、怨恨該是怎樣地充斥着他的胸懷！這樣寫來，詩人就與那些被遺棄在淪陷區的受苦受難的老百姓一同站在那些權黨的對立面，譴責他們祇關心個人的權勢享受、置國家大局於度外的可恥行徑。

評解

這首詩篇幅雖小，容量却不小，四句之中有大議論、大感慨。既有正面的揭露，語直氣壯，痛心疾首；又有曲折的怨恨，委婉迂回，寄意深遠。詩人選取典型事例，前兩句寫名將宗澤、岳飛遭排擠迫害的事實。後兩句則委婉道出淪陷區的廣大人民尚不知這些令人憤恨之事，言外之意，他們若知道的話，該更加失望、痛心，直意曲説，更顯感慨之深沉。詩人讚揚宗澤、岳飛，對南宋政權内部的投降派給予嚴厲譴責。《唐宋詩醇》評此詩説："南渡之不振，實由於此，扼腕而言，自成高調。"道出了本詩的特色。宋人七絶與唐人七絶在詩歌風格、藝術審美特點等方面有很大差异，而陸游這首詩可稱宋人七絶的典范之作，清潘德輿《養一齋詩話》概括評論其特點説："以勁直激昂爲主，然忠義之色，使人起敬，未嘗非詩之正聲。"

九月一日夜，讀詩稿有感，走筆作歌

我昔學詩未有得，殘餘未免從人乞。
力孱氣餒心自知，妄取虛名有慚色。
四十從戎駐南鄭，酣宴軍中夜連日。
打球築場一千步，閱馬列廄三萬匹。
華燈縱博聲滿樓，寶釵艷舞光照席。
琵琶弦急冰雹亂，羯鼓手勻風雨疾。
詩家三昧忽見前，屈賈在眼元歷歷。
天機雲錦用在我，剪裁妙處非刀尺。
世間才杰固不乏，秋毫未合天地隔。
放翁老死何足論，廣陵散絶還堪惜。

題解

這首詩寫於紹熙三年（1192）。作者六十八歲，退居山陰。他一生創作了大量的詩篇，也曾多次總結創作心得，這首詩自述在詩歌創作方面的歷程、心得，總結寫詩的經驗、教訓。“九月一日”即紹熙三年（1192）九月初一。“詩稿”，指詩人自編的《劍南詩稿》，係此前在嚴州任上編就。“走筆”，飛筆疾書之意。

九月一日夜，讀詩稿有感，走筆作歌 詩意圖 馬泉 繪

【句解】

我昔學詩未有得，殘餘未免從人乞

先前，我學詩没有真正的心得，衹是隨波逐流，不免摹擬前輩大家之作，以他人的辭句潤色我的詩篇，就像靠乞討過生活一樣。“未有得”，尚未真正有所心得，不得要領。“殘餘”，指前人作品中已有的詞句、意境或創作手法等。起初詩人還没有達到獨立自由創作的境界，作詩處在摹仿階段。陸游《讀近人詩》一詩中也有“琢雕自是文章病”的説法，反對創作詩文僅僅停留在雕琢字句上。這種詩學觀點被認爲是“論詩正宗，語切病痛”（清戴第元《唐宋詩本》）。

力孱氣餒心自知，妄取虚名有慚色

摹仿他人寫成的詩歌，自然筆力孱弱，内容淺薄，缺乏氣勢。雖然僥幸博得詩名，但名實不符，這令我實在感到慚愧。“孱”，弱；“餒”，缺乏勇氣。“妄取”，胡亂取得，不當取而取。這兩句緊承前兩句，體現出詩人敢於反省、勇於自我否定的精神品格。

四十從戎駐南鄭，酣宴軍中夜連日

到四十八歲之時，我從軍駐守南鄭前綫，在軍中盡情歡宴，夜以繼日。“四十”，陸游在南鄭參加王炎幕府時已四十八歲，四十是舉其整數。“酣宴”，縱情宴飲以求盡興。詩歌創作的源泉是現實生活，詩人的創作因生活的改變、現實閲歷的增加而有質的飛躍，下面的詩句即描繪軍營生活的壯闊激越，暗示詩人是如何取得進步、獲取“詩心”的。

打球築場一千步，閲馬列廐三萬匹

修築起一千步的場地，在上面打球習武；巡視一排排馬棚，檢閲成萬匹的戰馬。這種場面可謂壯觀。“打球”，古代軍中的一種體育活動；“步”，長度單位，其標準歷代不一，周以八尺爲步，秦以六尺爲步。“閲馬”，檢閲軍馬；“列廐”，一排排馬棚。“一千步”“三萬匹”是形容球場之大、戰馬之多。

華燈縱博聲滿樓，寶釵艷舞光照席

在雕飾華美、光彩四射的彩燈下縱情地博弈，聲音響徹整座高樓。服飾華美的歌女，跳着美艷的舞蹈，唱出歡快的歌聲，這流光溢彩的場景輝映着我們的盛宴。“縱博”，縱情地博弈；“博”是古代的一種棋戲，共十二棋，六黑六白，兩人相博。“寶釵”，華貴的首飾，這里借指裝飾華麗的歌女。這兩句訴諸視覺，以濃烈的色彩描述軍中閑暇生活的慷慨豪放。

琵琶弦急冰雹亂，羯鼓手匀風雨疾

琵琶彈奏急促的曲調，音符像冰雹一樣撞擊飛散；羯鼓打出節奏猛烈的鼓點，匀稱的鼓聲如疾風暴雨一樣回旋。“琵琶”，彈撥樂器，原流行於波斯、阿拉伯等地，漢代傳入中國；後經改造，圓體修頸，有四弦、十二柱。“羯鼓”，古代打擊樂器的一種，起源於印度，經西域傳入中國。這兩句訴諸聽覺，以快速、强烈的聲音烘托軍中激昂悲壯的豪情。

詩家三昧忽見前，屈賈在眼元歷歷

這時候，作詩的訣竅突然呈現在我面前，使我瞬間領悟；前輩屈原、賈誼的創作精神和境界原來就在眼前，看得清清楚楚。“三昧”，本是佛經中的用語，係梵文音譯，又譯“三摩地”，意譯爲“正定”，指摒除雜念、心不散亂，專注於一境；這里指寫作的訣竅。“屈賈”，屈原、賈誼。屈原名平，字原，戰國時楚人，中國最早的偉大詩人；賈誼，西漢洛陽人，著名政論家、文學家。“元”，同“原”；“歷歷”，分明的樣子。軍營生活使詩人心胸爲之開闊，得以領會寫詩的訣竅，不期然而然地掌握了前輩大詩人如何進行創作的精神實質。“忽”字寫出詩人那種驚喜之情。

天機雲錦用在我，剪裁妙處非刀尺

我的創作由此步入一個嶄新的境界，神話傳説中的“天機”好像都可以由我自由地使用，經過巧妙的剪裁，可以創造出像“雲錦”一樣完美的作品；這種境界，絶不是靠尺量刀剪這種人工技巧所能達到。這兩句以比喻的方式説明詩人已學會如何利用詩材，善加剪裁，進行自由而不失矩度的創作，寫出優美自然的詩篇。“天機”，指天上織女的織布機；“雲錦”，指織女所織出的錦綉美如朝霞彩雲。“非刀尺”，比喻文學創作的最高境界是妙手天成，不能憑借外在的規矩、技巧達到。

世間才杰固不乏，秋毫未合天地隔

想來人世間有杰出纔能的詩人並不少，但因生活閲歷、人生體驗的不同，他們所獲得的訣竅可能與我所悟到的詩家三昧有所不同。即使與這種創作的最高原則衹有絲毫差别，也會使他們的成就天懸地隔，達不到獨立自由的境界。“秋毫”，鳥獸秋天新長出來的細毛，比喻細微之物。這兩句的意思略近於“差之毫厘，失之千里”。詩人爲自己能領會到“詩家三昧”而慶幸。

放翁老死何足論，廣陵散絶還堪惜

我陸放翁老病而死，不足爲惜。但是我死之後，如果我所悟到的詩學真諦如《廣陵散》那樣失傳，那纔令人扼腕嘆息呢。“廣陵散”，古代琴曲名；三國時魏嵇康善彈此曲，秘不授人；後來嵇康被害，臨刑之時索琴彈此曲，說：“《廣陵散》于今絶矣！”後稱事無後繼、已成絶響爲“廣陵散”。“絶”，失傳。

評解

這首詩是詩人的創作經驗之談，全篇一氣呵成，不乏真知灼見。這首詩觸及文學理論領域的一個重大論題，即文學創作和社會生活之間的關係。詩人以自己的創作經歷表達了這樣一個基本觀點：生活是創作的源泉。清代姚鼐認爲這首詩所述內容“字字真實”，後學者若不能領悟其中的深意，則不能成爲一個真正的作家。詩中描摹一係列典型的軍旅生活圖景，暗示這種經歷與作者詩歌創作之間的因果關係。軍旅生活是豪放激蕩的，又有閑暇游樂、縱情聲色之時。如此豐富多彩的經歷，培育出作者激越的詩家之心。此詩大量用典用事，辭藻華麗，但詩意曉暢明白，無板滯生澀之感，從中可以看出作者駕馭語言的深厚功力。

十一月四日風雨大作

僵卧孤村不自哀，
尚思爲國戍輪臺。
夜闌卧聽風吹雨，
鐵馬冰河入夢來。

題解

這首詩是作者紹熙三年(1192)十一月在家鄉閑居時所作。詩人窮居於荒村之中，年邁力衰，然而“老驥伏櫪，志在千里”，縱然身不能行，夢中也要去踐行自己報效國家的理想。在寒冷冬夜的風雨聲中，他心馳神往的是在疆場上殺敵衛國。陸游的詩歌常常通過夢境，以想象的手法展現未酬的壯志，這首詩也是如此。作品想象豐富，充滿戰斗激情。

十一月四日風雨大作　詩意圖　李崗 繪

【句解】

僵卧孤村不自哀，尚思爲國戍輪臺

在孤寂的山村里，年邁的詩人是怎樣一種狀態呢？“僵卧”，直挺挺地躺着不能動彈，這里可作困居來理解；“孤村”，指詩人的家鄉山陰縣三山村。詩人最關心的不是一己之私，而是天下安危、抗金恢複等事。困居山村，他並不覺得有什么可悲哀的，他時時刻刻想的是如何親赴邊疆前綫，報效國家。如果這個理想可以實現，又有什么可自哀的呢！“輪台”，漢代西域地名，即今新疆維吾爾自治區輪臺縣，漢代曾在那里駐兵屯田；這里泛指南宋北邊的邊防據點。詩人賦閑在家，本該安享晚年；他屢遭政治挫折，萌生隱退之意、感喟一下命運的不濟，也是理所當然的。但他並不是這樣，而是滿懷高亢激昂的愛國之情，還想着去防守邊城。這是怎樣一種濟世安邦的偉大情懷！

夜闌卧聽風吹雨，鐵馬冰河入夢來

詩的後兩句更具詩歌的意象之美。静謐而寂寥的夜色中有狂風，有暴雨，聲聲入耳，打破了山村的安寧。“夜闌”，夜深將盡。詩人躺在床上，聽着陣陣風雨聲，覺得那仿佛就是刀劍出鞘、鐵騎奔突的聲響。這樣一個不平静的晚上，披着鐵甲的戰馬、千里冰封的北方河流，定會一齊進入詩人的夢里。“鐵馬”，披着鐵甲的戰馬；“冰河”，泛指北方封凍的河流。這里描寫的情境，可以與詩人另一首詩《秋雨漸凉有懷興元》中的“忽聞雨掠蓬窗過，猶作當時鐵馬看”，以及《弋陽道中遇大雪》一詩中的“夜聽簌簌窗紙鳴，恰似鐵馬相磨聲”聯係來看。詩人夢中的情境，是一個想象的世界，但這種無比豪邁、壯麗的境界，是詩人心境真誠而恰切的寫照。對詩人的情感來説，這個想象的世界無比真實。

評解

這首詩寫景和抒情融爲一體，現實和理想也融在一起。詩人報國殺敵的壯志豪情在藝術的想象世界中得到暢快抒寫，有高度的藝術感染力。詩境從勁直、忠義的情感出發，逐漸拓展，由細入深，至最後一句“鐵馬冰河入夢來”而境界大開，給人以無限廣闊的想象天地。有研究者認爲，宋代七言絶句不如唐代七絶那樣收放自如，境界高華，但這不能一概而論，更不能一筆抹殺宋代七絶的成就。陸游的這首七言絶句即具有不朽的藝術魅力，讀來令人肅然起敬，可稱之爲“詩之正聲”，不愧爲愛國詩歌的名篇。

小舟游近村，捨舟步归

斜陽古柳趙家莊，
負鼓盲翁正作場。
死後是非誰管得？
滿村聽説蔡中郎。

題解

這首詩是陸游於宋寧宗慶元元年（1195）十月在山陰所作。此時詩人閑居在山陰鄉村中，以一種樂天自怡、知足達觀的心境，創作了一些富有生活氣息、反映鄉間民俗生活的作品。這首詩是同題組詩中的第四首。“捨舟”，離船。詩人乘舟游歷附近的村落之後，離船登岸，徒步返回住處。作品以短短的二十八個字，生動描寫了民間藝人在農村表演的場景，并引發富有哲理意味的思考。這首詩也是研究古代曲藝表演的珍貴歷史材料。

小舟游近村，捨舟步歸 詩意圖 馬援 繪

【句解】

斜陽古柳趙家莊，負鼓盲翁正作場

詩人首先把一幅閑雅恬淡的鄉村畫面呈現在我們面前：斜陽西照，古柳成蔭，一派静謐安詳、清爽宜人的鄉村景色。詩人來到鄰近的趙家莊，看到一位雙目失明的老翁正在那里擊鼓開唱。“作場”，也稱“做場”，古代民間説唱故事、表演曲藝、游藝雜耍等都可稱之爲作場。簡單的十四個字，即把時間、環境、地點，以及人物、事件交代得清清楚楚。

死後是非誰管得？滿村聽説蔡中郎

人死之後，是非善惡、得失成敗全由他人評論，自己哪能管得了？言外之意或許是説，我也無妨卸下沉重的精神負擔，從各種世俗的羈絆中掙脱開來，把懋悶在心里的憂慮煩惱都抛到九霄雲外去吧。你看，整個村子的人都在饒有興味地聽藝人説唱，他們沉浸陶醉於其中，仿佛是在桃花源中一樣，不爲世事煩擾。置身此情此景當中，像詩人這樣一個在仕宦生活中經歷挫折、遭受排擠的人怎能没有超脱之感，怎能不受到這種淳樸氣息的感染呢？藝人講的是蔡中郎的故事。蔡中郎即蔡邕，字伯喈，東漢著名文學家，官至左中郎將，故世稱蔡中郎。蔡邕博學多纔，工辭章，擅長書畫，精通琴藝，東漢末年死於獄中。南宋初年已經有戲文描寫蔡中郎和妻子悲歡離合的故事。當然，這種民間故事中的蔡中郎形象及故事，與歷史上的蔡邕其人其事差别已經很大。藝人把虚構的蔡中郎故事講説得繪聲繪色，打動了聽衆，或許還能引出許多泪水。但詩人清楚，藝人所説的故事與歷史事實並不相符，所以他纔感慨“死後是非誰管得”。“滿村聽説蔡中郎”回應上面“負鼓盲翁正作場”一句，襯托藝人説唱之精彩。

評解

國事的確讓人憂心不已，時局難免讓人心生不滿。但無論多么憤激高昂的情緒，總有平静下來的時候。鄉村民衆有愁苦，也有屬於他們的歡快，他們的品質是淳樸而美好的。家鄉民衆醇厚質樸的感情、安詳無憂的生活，也使詩人時時感到生活的美好。但即使置身静謐祥和的鄉村氛圍中，與鄉民一起欣賞盲藝人的精彩表演，詩人畢竟不能完全超脱。聽完藝人説唱的蔡中郎故事，他不禁發出“死後是非誰管得”的浩嘆之聲，頗具弦外之音。這是詩人身處的社會局勢在他精神世界的回響。朝廷當權者妥協賣國，却安享富貴；抗金志士滿腔忠義，却屢受打擊。詩人的嘆息之聲中，有些許無奈。他當然不是要去明哲保身、全身遠禍。雖然他既没有放棄報效國家、名垂青史的信念，也堅信一個人的功過自有公論，但現實使他又不得不對此有所懷疑、有所反思。一次鄉村游歷，一個喧騰熱鬧的説書場景，這種看似平常無奇的生活小事，竟也能引發詩人如此深入的聯想，再經由筆端流淌而出，通過文字、聲韵去打動讀者。陸游曾感慨“詩材滿地無人取”，通過這首小詩，我們應該欽佩詩人在選取詩題、詩材方面獨特而老辣的眼光。

沈 園（其一）

城上斜陽畫角哀，
沈園非複舊池臺。
傷心橋下春波緑，
曾是驚鴻照影來。

題解

這首詩是作者爲悼念唐氏而作。“沈園”，故址在今浙江紹興。陸游和表妹唐氏感情深厚，婚後生活幸福美滿。然而，陸母不喜歡這個兒媳，隨著婆媳之間的矛盾加劇，最後陸母强命陸游與唐氏分離。陸游在萬般無奈的情況下與唐氏相别，後娶王氏爲妻。唐氏則改嫁同郡的趙士程。陸、唐二人的真摯愛情、美滿婚姻就這樣枯萎夭折。紹興二十五年（1155）春天（一説紹興二十一年），陸游與唐氏在沈園不期而遇，唐氏還送來佳肴美酒相待。面對此情此景，陸游甚爲悲傷，在園壁上題寫了著名的詞作《釵頭鳳》。唐氏也因愛情的不幸鬱鬱不已，不久就離開人世。慶元五年（1199）春，七十五歲的陸游創作兩首以《沈園》爲題的詩歌悼念唐氏，這是其一。

沈園（其一） 詩意圖　孫志卓 繪

【句解】

城上斜陽畫角哀，沈園非複舊池臺

“角”爲古代軍隊中的一種管樂，“畫角”指繪有彩色花紋的角。角吹出的聲音淒厲哀怨。城上斜陽映照，哀淒的角聲直刺内心，詩人置身園内，傷心的往事不禁又浮上心頭。現今的沈園已不複往昔的風姿，亭臺樓榭破敗，園中柳樹蒼老，都已失去往日的色澤。眼前的景物籠罩在一種慘淡淒迷的氣氛當中。雖然斯人已逝，時過境遷，但一切都無法衝淡詩人的記憶和内心的傷痛。畫角聲之“哀”，實際上是在暗示心靈創傷的隱隱之痛。詩人在年過八十之後還夢游沈園，留下這樣情緻深婉的詩句：“路近城南已怕行，沈家園里更傷情。”（《十二月二日夜夢沈氏園亭》）

傷心橋下春波緑，曾是驚鴻照影來

“驚鴻”，受驚而飛的鴻雁，其體態輕盈舒展，身姿婀娜。古人常以“驚鴻”比喻美女，如曹植《洛神賦》有“翩若驚鴻”之句，形容“凌波仙子”洛神輕盈縹緲之美。這里作者以驚鴻喻指他所懷念的唐氏。斜陽的輝光，還映照在橋下蕩漾的春波之中。這一抹象徵着青春活力的緑色，使詩人的思緒飛回昔日，仿佛又看到了心上人姣好曼妙的容顔和身姿。她那驚鴻般美好的身姿，也曾經映照在這一泓春波之中。想起曾經的愛人，詩人心中又充滿生機和感動。這是何等敏感而純摯的詩人情懷！

評解

陸游寫過多首詩歌抒寫和感喟自己往昔的愛情悲劇，除上面提到的詞作《釵頭鳳》外，還有《禹迹寺南有沈氏小園》《十二月二日夜夢游沈氏園亭》《城南》等。《沈園》二首以真摯的情感之綫連屬文辭，意象空靈而又貼切人情，尤爲膾炙人口。

陸游對國家、朝廷有着不可遏抑的“忠憤”之氣，在個人兒女私情上亦不乏忠貞之情。他與唐氏曾經伉儷情深，却飽受封建禮教、社會倫常的折磨，最終變成内心的無盡之痛。這種心靈上的折磨和苦痛傾灑在《沈園》詩中，异常淒婉動人。這兩首同題的言情之作有思緒上的推進關係。在這一首詩中，詩人以簡練自然的語言再現愛情曾引起的心魂悸動的感受，在沈園橋下蕩漾的春波中，他仿佛又看見了伊人的翩翩倩影。四句詩處處是景，也處處是情，辭已盡而情無窮，具有極其動人的藝術力量。

沈園（其二）

夢斷香消四十年，
沈園柳老不吹綿。
此身行作稽山土，
猶弔遺蹤一泫然！

題解

這是慶元五年（1199）春陸游所作《沈園》其二，亦悼念唐氏。上一首由現實轉入回憶，最後落到回憶唐氏當年的風姿。這一首則由回憶又轉回現實，側重表現愛情悲劇的另一方，即詩人自己的心態。

沈園（其二）詩意圖　程助繪

【句解】

夢斷香消四十年，沈園柳老不吹綿

“夢斷香消”，喻指美好愛情生活已逝去，心上人已不在。不但伊人已亡、詩人已老，連園中的柳樹都已衰頹不堪，它已不能生出漫舞在春風中的柳絮。遥想當年，這些柳樹也曾輕柔披拂，使徜徉其中的詩人飽含無限柔情蜜意；而今它們已老得生機欲斷，呈現出一片寂寥凄冷的情形。柳樹已老，不再吹綿，也暗示曾經的深情不可追尋。“綿”，即柳綿、柳絮，蘇軾詞《蝶戀花》有“枝上柳綿吹又少”之句。作者兩次游歷沈園，從紹興二十五年（1155）到慶元五年（1199），中間相隔四十四年，這里説“四十年”，是取其整數。

此身行作稽山土，猶弔遺蹤一泫然

“此身”，作者指稱自己；“行”，將要；“稽山”，即會稽山，在今浙江紹興。作者已七十五歲，他想象自己老死之後將埋葬在家鄉的會稽山下，身軀將化爲會稽山的一抔土。“泫然”，悲傷流泪的様子。往昔的愛情是美好的，曾經深愛的愛人是難忘的。但眼前衹剩下同樣歷經風雨滄桑的遺踪、遺迹。曾經的一顰一笑、一舉一動，這些美好圖景都烟消雲散了。人非草木，孰能無情？此時再來憑吊遺迹、回想往昔，確實容易讓人泫然流涕。按錢鍾書《宋詩選注》之見，這兩句詩化用了前人詩意。北宋李邦直題《江干初雪圖》一詩有“病骨未爲山下土，尚尋遺墨話興亡”的名句，陸游多次把這兩句之意化用在自己的詩中，如《韓無咎下世》《十二月二日夜夢游沈氏園亭》等。

評解

詩人撫今追昔，思路由現實跳回往昔，又由回憶返回現實，痛定思痛，四十年的生死兩茫茫讓他禁不住老泪縱横。全詩情寓於景，意與境渾。唐代詩人白居易《長恨歌》説“天長地久有時盡，此恨綿綿無絶期”，是對男女真情的高度禮讚。陸游要表達的其實也是這個意思，衹是表達方式含蓄一些，“此身行作稽山土，猶吊遺踪一泫然”，天地對於人的生命而言會有盡頭，人的肉體不能不衰朽而化爲一　黄土，但横亘在天地宇宙間的真情却是永恒的、歷久彌新的。詩人抒寫這種心曲之時已年過七旬，可以想見他的愛是何等深厚真摯、忠貞不渝。黃昏之景，白髮之人，泫然之容，兩首八句詩，凝聚了幾十年間的情和事、感和想，情景交融、虛實相間，深切地傳達了那種生死不渝的真情。

冬夜讀書示子聿（其三）

古人學問無遺力，
少壯工夫老始成。
紙上得來終覺淺，
絶知此事要躬行。

題解

這首詩寫於慶元五年（1199）十二月。作者此時七十五歲，在山陰閑居。他讀書有感，把自己的心得以《冬夜讀書示子聿》爲題寫成八首詩。這是其中的第三首。這組詩寄托了作爲一個父親的陸游對兒子的諄諄教誨和殷切期望，是詩人對自己一生學習經驗的總結，飽含對社會人生的思考和心得。“子聿”，即陸子遹，字懷祖，陸游最小的兒子。

冬夜讀書示子聿（其三） 詩意圖 汪國新 繪

【句解】

古人學問無遺力，少壯工夫老始成

“無遺力”，即不遺餘力、竭盡全力之意。古人讀書爲學是不遺餘力的，他們爲自己的目標奮斗不已。一生的學問，往往要趁年輕時候打好根基；衹有年少之時發憤努力，到了一定的年齡纔能有所成就，有所收獲。這也就是古人所謂“少壯不努力，老大徒傷悲”。在詩人看來，做學問原本艱難、艱辛，要深入其中，就必須有孜孜不倦、持之以恒的精神。古人刻苦治學的精神是一種高貴的精神品格，所以讀書爲學要以古人爲師。詩人以此來告誡幼子，希望他在做學問時能堅持不懈，始終如一。

紙上得來終覺淺，絶知此事要躬行

“紙上”，指書本。“絶知”，深知；“躬行”，親身實踐。從書本上得到的知識終歸是淺層次的，因爲那還衹是别人的思考和經驗，屬於間接經驗。一個人要進一步理解知識、學問的真諦，真正體會書中所藴涵的深刻道理，還須躬行實踐，方能將從書本上學到的東西真正化爲自己的知識和能力。詩人自己一生辛勤讀書，“寂寞衡門書滿屋”，“客來不怕笑書痴”（《讀書》），但他又深知僅從書本上學習是遠遠不够的。詩人閲歷豐富，學識經驗積澱深厚，這些都在他的著述中體現出來。他希望兒輩能够像他一樣，把書本知識和實踐經驗結合起來，在立身行事中去思考、體驗萬事萬物中的精微道理。

評解

詩人晚年退居山陰，不但自己攻讀不輟，“燈前目力雖未昔，猶課蠅頭二萬言”，而且督促兒輩，教誨不倦，鼓勵他們讀書爲學。陸游一生勤奮，他寫過這樣的詩句：“五更攬轡山路長，老夫誦書聲琅琅。”他深知治學需要艱辛的努力和長期的積纍。爲使自己的作品成爲“一代文章”，他至老刻苦砥礪，撰述不輟，“老不能閑真自苦”（《枕上感懷》）。但陸游不是囿於書齋的一般讀書人。他心懷天下，志在經世安民，在宦海沉浮、戎馬歲月中，他更體會到社會實踐的重要性，認識到由此能够衝破書本的束縛，走向更加豐富廣闊的社會。即如作詩，他在《示子遹》一詩中説過“汝果欲學詩，工夫在詩外”，建議兒子如果想寫好詩，應該到詩本身之外的生活中去多下工夫。這首《讀書》詩富有哲理，讀來朗朗上口，語重心長，飽含深意，發人深省。對於治學而言，書本知識和躬身踐行兩者不可或缺，不可偏廢。詩人把這個話題講得富有理趣，却又不突兀、不僵硬，語言質樸，深入淺出，讀來讓人倍感親切。

梅花絶句（其三）

聞道梅花坼曉風，
雪堆遍滿四山中。
何方可化身千億？
一樹梅前一放翁。

題解

這首詩作於宋寧宗嘉泰二年（1202）正月，陸游時年七十八歲，閑居在家。陸游偏愛梅花，寫過很多首梅花詩。此年所作以《梅花絶句》爲題的詩共六首，這里選的是第三首。笑傲寒風的梅花可陶冶詩人的情操，又象徵着詩人的高尚品格。

梅花絶句（其三）詩意圖　王同仁繪

【句解】

聞道梅花坼曉風，雪堆遍滿四山中

聽說梅花迎着清晨的寒風綻開，詩人走出門外，春寒料峭，曉風陣陣。他放眼望去，祇見一樹樹梅花盛開，就像堆堆白雪布滿了四周的山間。“坼”，分裂、裂開，這里指梅花的開放。“坼曉風”是說梅花迎晨風而開。“雪堆”，像雪堆一樣，形容梅花怒放時的情景。這兩句没有直言喜愛梅花，但從詩人關心梅花消息，以及他對梅花盛開景象的描述中，不難感受到那種狂喜之情。

何方可化身千億？一樹梅前一放翁

眼前盛開的梅花如此美，又如此多，詩人不禁突發奇想。他希望能有某種方法，讓他化爲千萬個身子，這樣就可以讓每一棵梅樹下都有一個陸放翁。“何方”，有什么方法；“身千億”，極言其多。“一樹梅前”，有的版本作“一樹梅花”。看來在曉風中綻放的梅花實在是多，它們漫山遍野，在春天朝陽的輝映下顯得如此美麗，使詩人感覺看不完、看不够，于是作此狂想。

評解

詩人愛梅，愛的是其品格。春寒曉風，依舊冷冽，梅花綻放若雪壓群山。早起賞梅，可見詩人愛之深、愛之切，以至幻想可以化身千億，站在每一株梅花前，以盡情觀賞。這種想象可謂大膽而奇特，藝術構思可謂巧妙。唐代詩人柳宗元有“若爲化作身千億，散向峰頭望故鄉”的詩句，陸游詩意由這兩句點化而來，但意境更爲高爽。透過這首梅花詩，可以看到詩人和梅花一樣的高尚情操。

秋思

烏桕微丹菊漸開，
天高風送雁聲哀。
詩情也似并刀快，
剪得秋光入卷來。

題解

嘉泰三年（1203）秋，陸游在山陰創作了這首詩。是年五月，陸游一度到都城臨安，回到故鄉山陰後，決心不再出仕任職。詩人之所以如此，也是出於不得已，“已破京城夢，還尋剡溪游”（《閑游》）。抗金雪恥之夢已經破滅，衹得回到家鄉，寄情於山水之間。這期間，陸游對廣大勞苦民衆的生活有更加深切的觀察和體會，創作出多首反映民生疾苦、與民衆同苦樂的詩作。表面看來，詩人一身清閑散淡，可以忘掉國家之事了，“依闌莫怪多時立，爲愛孤雲盡日閑”（《孤雲》）。然而無論他如何縱情山水，也無法掩飾精神的苦悶、心緒的鬱結。即便是一些清新秀麗的寫景抒懷的短詩，也往往在不經意間流露出詩人的這一心境。這首叙寫秋景、秋興之作即是如此。

秋思 詩意圖　王興華 繪

【句解】

烏桕微丹菊漸開，天高風送雁聲哀

這兩句描繪秋天典型的物情，傳達秋天的意境。雖不見一個“秋”字，却把整個秋的氣象描繪、烘托出來，有近有遠，有聲有色，極富層次感。“烏桕”，一種落葉喬木，夏日開出黄色之花，葉略呈菱形，在秋天變爲紅色。菊花爲多年生草本植物，品種很多，迎秋風逐次開放，是秋天最典型的花卉。詩人描繪叙寫秋景極爲精細，以“微”字表達烏桕葉轉爲紅色的程度，以“漸”字暗示菊花漸次開放的過程。前一句主要着眼於近景，後一句則着眼於遠景：秋高氣爽，鴻雁飛過，不時傳來哀鳴之聲。鴻雁高飛南來，秋風仿佛是在送它們一程。以“哀”字狀寫聲音，使得詩人筆下的秋景圖頓時鮮明生動起來。

詩情也似並刀快，剪得秋光入卷來

秋思中的詩情，或激昂明快，或低沉鬱結，或高歌壯懷，或哀婉悲涼，都是主體性情在不同境況下的具體展現，都可引領人們進入詩的世界，體驗生命存在的豐富性。唐代詩人劉禹錫在身處逆境之時，恰逢寒秋，難免悲從中來，但他的《秋詞》雲“自古逢秋悲寂寥，我言秋日勝春朝。晴空一鶴排雲上，便引詩情到碧霄”，表達出自己曠達寬闊的胸襟度量。陸游這首詩所表達的意思和劉禹錫有异曲同工之妙。面對秋景，劉禹錫之詩偏重於主體胸襟的呈現，這首《秋思》則主要表現詩思之快。

詩人自言詩思敏鋭，如並州出産的剪刀一樣，可以把無限的秋光裁剪下來，攬入自己的詩卷之中。“并”，并州，東漢時期的州名，當時並州的行政機構設在晋陽（今山西太原西北）；“并刀”指並州出産的剪刀，古時並州出産的剪刀以鋒利而著名。以剪刀或並州剪刀入詩的並不少，如唐代大詩人杜甫有“焉得並州快剪刀，剪取吴淞半江水”之句（《戲題王宰畫山水圖歌》），賀知章更有“不知細葉誰裁出，二月春風似剪刀”的佳句。陸游詩中的“并刀”和“剪”字，顯然受到前人遣詞造句的啓發。“剪”字一語雙關，聯結起“并刀”和詩思詩情，用語精當，比喻奇特生動，清新之氣頓生。

評解

這首清新明快的吟秋絶句，表面似乎是在表達作者詩思詩情之快，詩人似乎沉浸在詩歌創作中自得其樂，忘乎所以。其實細味之則不然。如果把這首詩放在陸游精神世界的整體中來看的話，就會發現詩人的詩情可以用這首詩中的“哀”字來表達。他在兩年後所作的《貧甚戲作絶句》中說“行遍天涯等斷蓬，作詩博得一生窮。可憐老境蕭蕭夢，常在荒山破驛中”。詩人束髮之際開始學詩，着意風雅，詩情不可謂不敏鋭，但他並不甘心衹做一個詩人，濟世安邦的理想抱負破滅，使他自認爲“作詩博得一生窮”。天空中的鴻雁自北方而來，不能不讓他聯想起尚未收複的中原故土；鴻雁的哀鳴之聲，不能不讓他想起淪陷於金軍鐵蹄之下的廣大人民。詩人幾度出仕，却屢陷困頓，不能施展纔華以匡救國難，衹得轉回頭來寄意於詩文創作，“聊欲希屈（原）、賈（誼）”。單從藝術形式來看，這首詩可謂叙寫景物的佳作。陸游“善寫景”（清代洪亮吉語），其筆下之景千變萬化，層出不窮。這首詩興到筆隨，揮灑自如，以剪刀之快喻詩情之敏，清新脱俗，富有情韵。

示兒

死去元知萬事空，
但悲不見九州同。
王師北定中原日，
家祭無忘告乃翁。

題解

這首詩是宋寧宗嘉定三年（1210）春陸游臨終前寫就的。這時陸游已八十五歲。此詩是作者一生中最後一首作品，也可看作是一份特殊的遺囑。它之所以特殊，首先是形式獨特，詩人將遺願、囑托以詩的形式來傳達；其次是内容獨特，没有涉及常見的諸如家庭財産的分配、爲學爲人的勸誡等問題，而是心係國家大事，以恢複故土爲念，其精神信念感人至深。南宋政權向金朝侵略者妥協投降，使得詩人生活的時代始終是一個政治屈辱的時代，是一個令人憂心和悲憤的時代。這是詩人人生中最大的悲劇。他詩中所傳達的憂國憂民之心和忠憤之氣是如此强烈、如此瀰老瀰篤，以至人們往往把他和唐代大詩人杜甫相類比，如清代李元春《歷朝詩要》對這首詩下了如此評語：“憂國至此，此詩之本。放翁固同子美（杜甫）。”

示兒 詩意圖　馬振聲 繪

【句解】

死去元知萬事空，但悲不見九州同

“元”，同“原”，本來。“元知”一語，顯示出詩人理性的一面，也許還説明他未嘗没有幾分曠達之心。這樣來看詩人似乎應該無所牽挂、無所挂念了。然而接下來詩人以“但”字突轉，引出内心深藏的遺憾，也是詩人平生所“悲”之事。“悲”字精練而準確地表達了作者面對現狀所抱持的遺憾、悲憤、沉重、傷感等交織的複雜心情，這是詩人感性的一面。他對國家破裂的現實仍不能釋懷。“九州同”，指驅逐金人、統一中國。九州一統是詩人苦苦追求、魂牽夢繞的頭等大事，他獻計獻策，親歷疆場，可以説是爲之奮斗終生；瀰留之際，又怎能不爲之牽挂？但詩人臨終之際的理性之思和感性之想無法達成和諧，他的“悲”無法化解。

王師北定中原日，家祭無忘告乃翁

中原之地仍在金軍的鐵蹄之下，那里的人民大衆遭受塗炭之苦，對宋王朝而言，這也是極大的屈辱。詩人冀想有那么一天，浩浩蕩蕩的正義之師恢複中原，完成國家統一的盛事。到那個時候，他的“悲”情就可以消融。雖然這衹是一種虚幻的美好願望，但詩人堅信這種圖景一定會在不遠的將來得以實現。他提醒兒子，這種預想變成現實的時候，家祭之時别忘了告慰他的在天之靈，使他亦可含笑於九泉。詩題爲“示兒”，説明這首詩是寫給兒子們看的；這里的“乃翁”即“你的父親”，是作者的自謂。這個生前最後的願望，充分表達了詩人對國家民衆的無限深情，對南宋政治局勢不可遏抑的悲憤之感，正如清人褚人获所言，這首詩有“三呼渡河之意”（《唐宋詩醇》）。

評解

陸游的這首絶筆之作，飽含對國家命運至死不渝的深厚之情，正如明代胡應麟所評價的那樣，“忠憤之氣，落落二十八字間”。詩人臨終之際，把未盡的心事和願望直接吐露出來，没有絲毫的迂曲和修飾，語言明白如話，情思質樸，其偉大而崇高的精神情操，深深打動了千百年來的讀者。清代賀貽孫認爲這首詩乃“忠孝之詩”，不必去追問其藝術形式的工拙。確實，這首詩與詩人的偉大人格精神已融爲一體。

在陸游去世二十四年後，宋、蒙古聯合滅金，他的遺願總算部分實現。南宋詩人劉克莊在《端嘉雜詩》中說：“不及生前見虜亡，放翁易簀憤堂堂。遥知小陸羞時薦，定告王師入洛陽。”但數十年後，南宋又亡於元軍，此時陸游已經去世六十六年。南宋遺民林景熙也寫了一首《書陸放翁書卷後》：“青山一發愁濛濛，幹戈況滿天南東。來孫却見九州同，家祭如何告乃翁？”劉、林作品，都是對《示兒》一詩的回應。從中我們也可以知道這首詩在當時流傳之廣，影響之深。這首詩也常常引發後人對歷史和現實的省思。清代陸次雲讀這首詩，不禁慨嘆陸游之“悲”，聯想到南宋朝中政治斗争的情況，產生“愈恨賊檜”的想法。

這首瀰留之際的詩作是詩人一生政治抱負、愛國精神的總結和結晶，正所謂“人之將死，其言也善，蓋生死之際，亦天良激發之時……人悲之，人複敬之”。在封建王朝的興替過程中，歷史發展的大脉絡使得陸游臨終之際的心願顯得那么不合時宜：在“九州同”時，却有“家祭如何告乃翁”的尷尬和窘迫。陸游恢複中原的雄心大志，在身後並没有得到寬慰。這不能不讓人扼腕嘆息。但陸游作品中所表達的愛國主義精神，却永遠不會磨滅。

卜算子

咏梅

驛外斷橋邊，寂寞開無主。
已是黄昏獨自愁，更著風和雨。

無意苦争春，一任群芳妒。
零落成泥碾作塵，只有香如故。

題解

作者喜愛梅花，常常以梅花來比擬志節高尚之人。這首詞中所詠的梅，淡泊自守，與世無争，仍難擺脱風雨侵襲，難逃飄零凋落、成泥化塵的命運。雖然命運如此不濟，但其清香不散，風神高格並不因此而泯滅。這可以看作陸游的自我寫照。他一生抱有“氣吞狂虜”的報國壯志，却在宦海之中沉浮不定，不時遭遇無端的嫉恨和排斥；他就像野梅一樣獨處，無人讚賞憐愛。

卜算子（驛外斷橋邊） 詞意圖　高向陽 繪

【句解】

驛外斷橋邊，寂寞開無主

“驛”，驛站，古時供傳遞文書、官員來往以及官方物資運輸中途休息、住宿的地方。“無主”，没有主人。驛路本來是車馬往來的地方，但如今橋已斷，説明經年失修，想必驛站也早已廢棄，成爲人迹罕至的偏僻所在。梅花生長在驛站之外，斷橋之旁，它所處之地是荒涼而寂寞的。它在這里開放，孤苦無依，没有人去護理和照料，更談不上有人去欣賞。于是，這里的梅花就成了没有主人的閑花、野花。

已是黄昏獨自愁，更著風和雨

接下來，作者又給梅花孤獨的背景抹上“黄昏”的色調，更顯出它不盡的愁緒。天色已經黄昏，孤傲高潔、凌寒獨開的梅花也不禁含愁飲恨，爲自己的命運而悲傷。不幸的是風雨又至，梅花還要受到狂風暴雨的侵擾，或許命運讓它一刻也不能從容綻放。“更著”，又遭到，又加上。讀到此處，讀者不免會把詩人筆下的梅花和他本人聯係起來，分不清這里説的究竟是花還是人。梅花身處困厄之境，作者又何嘗不是如此！他在宦海之中屢受打擊、排斥乃至誣陷，最後衹能獨自憂愁，慨嘆命運的不濟。迷漫在風和雨中的愁情，隨着黄昏暮色的加深而愈發不可收拾。梅花之愁、詩人之愁交織在一起，綿綿不盡，物我不分。

無意苦争春，一任群芳妒

傲霜斗雪的梅花有着不屈的生命力，有瑰麗芬芳的光彩，在冬天里也爲人們帶來春天的氣息。在作者看來，梅花本無意在春天開放，因爲它不願苦苦地和百花一道争妍斗艷。詩人通過梅花表白自己的心聲：他有壯志豪情、有濟世安邦的情志，甘願捨身爲國，但他絶非嘩衆邀寵之徒，并不想跟那些世俗之人争權奪利。他胸中有浩然之氣，有一個“大我”充斥於天地之間；他生平的最大理想是看到中原恢複，祖國山河重新一統。不與百花争春，淡看群芳嫉妒，這是梅花的天性，也是詩人的天性。正是由於具有這種高潔的品質、寬闊的胸襟，使得梅花能够任憑群芳嫉妒，獨自凌寒開放。“争春”，在春天和百花争妍斗艷。“一任”，聽憑。

零落成泥碾作塵，只有香如故

即使有着高尚節操的梅花，它的花瓣也會落地成泥，再被車輪碾磨成塵，從人們的視綫中消散殆盡。“碾”，指碌壓、碾軋，這里指被車輪軋碎。梅花的隕落是必然的，其外在形體消散的過程又是那樣地殘酷，讓人不忍目睹。這是梅花的不幸，也是人的不幸。詩人把這種哀愁推到最高處，并爲結語的收束做好鋪墊，突然一轉，歸結爲“只有香如故”。這是詩人在爲梅花宣告，也是在嚮世人表白自己的精神品格：梅花的軀體已經消失不見，但梅花的清香依然如故，存留在宇宙天地之間；詩人的精神品格也將與這梅花的清香一樣長存。這一句是整首詞的警句，前面盡情渲染的悲涼而凄慘的氛圍經由這一點睛之筆，一下轉化爲悲壯而崇高的審美情感，震撼人的心靈。詩人的思想境界也由此升華。

評解

國運危殆，身處的政治環境又是那樣惡劣，作者在作品中難免流露出一些消極情緒。陸游的報國之志至死猶壯，但他一生不斷受到排擠和打擊，心靈必定會有其孤獨之處，精神必定會有其寂寞之時。當人在孤獨無依之時，内心的壯志難酬、外在的知音難覓，這些凄楚寂寥之情自然會涌上心頭。但是，即便在這種時候，陸游通過對梅花的吟詠，還是樹立起一種堅貞高潔的主體精神。以梅花爲題的詩詞在古代相當繁多，陸游這首詞以其高風亮節的氣度特立獨出，堪稱詠梅佳作。他没有對梅外在的姿態做具體描摹，也没有以梅爲中心去營造一種韵味悠長的美的意境，而是把梅當作精神世界的象徵，物我合一，梅即是我，我即是梅，寫梅的遭際，寫梅的精神品格，同時也是在寫人的遭際、人的精神品格。明代楊慎認爲陸游的詞作“纖麗處似淮海（秦觀），雄慨處似東坡（蘇軾）”。而在這首詞中，“雄慨”已經融入“纖麗”之中，作者表面詠梅，其實是在暢述愛國之士的堅貞情懷。作品狀物寫景以求傳神，象徵寓意以求深遠。語言看似淺易直白，寄意却高遠，是一首思想性與藝術性高度融合的佳作。讀來可以砥礪志節，超脱於紛紛擾擾的俗常之情。

釵頭鳳

紅酥手，黃縢酒，滿城春色宮墻柳。
東風惡，歡情薄。一懷愁緒，幾年離索。
錯，錯，錯！

春如舊，人空瘦，泪痕紅浥鮫綃透。
桃花落，閑池閣。山盟雖在，錦書難託。
莫，莫，莫！

題解

據南宋陳鵠《耆舊續聞》、劉克莊《後村詩話續集》、周密《齊東野語》等記載，這首詞是陸游爲前妻唐氏所作。具體到這首詞的寫作時間，各家則説法不一，或認爲作於陸游二十七歲之時，或認爲作於陸游三十一歲之時。陸游早年與表妹唐琬結合，生活美滿，感情深厚。陸母認爲兒子迷戀唐氏而不求上進，于是遷怒於唐氏。在母親的壓力下，陸游與唐琬分離，分别另娶另嫁。後來，陸游在家鄉禹迹寺南的沈園春游，與唐氏不期而遇。面對前夫，唐氏舊情難忘，遣人送來酒肴。陸游悵然久之，賦《釵頭鳳》一詞，題寫在沈園的壁間。“釵頭鳳”，詞牌名，相傳無名氏詞有“可憐故似釵頭鳳”之句，故名；又名《玉玲瓏》《摘紅英》《擷芳詞》等。

釵頭鳳（紅酥手） 詞意圖 汪國新 繪

【句解】

紅酥手，黄縢酒，滿城春色宫墻柳

你紅潤細膩的手，爲我捧來香洌的美酒。滿城春光，無限美好，依依的楊柳輕拂宫墻城樓。這幾句由唐氏送酒菜的行動，聯想到昔日的恩愛生活，説明詩人對她仍有纏綿不盡的愛意。“紅酥手”，像酥油一樣紅潤、細膩而柔軟的手。“黄縢酒”，即黄封酒，一種以黄紙或黄絹封住瓶口的官酒。“宫墻”，紹興是古代越國的都城，南宋又以紹興爲行都，所以這里也有宫墻；另外，“宫”亦可泛指神殿、佛寺、道觀等廟宇，所以這里的“宫墻”亦可指禹迹寺的墻。這十四個字描繪出一幅充滿生活情味的春游畫面，有人，有物，有情，有景；嬌嫩的手（紅），清洌的酒（黄），緑柳赭墻，色調温暖，令人確信昔日夫妻間必定有難捨的深情和美滿的生活。

東風惡，歡情薄。一懷愁緒，幾年離索。錯，錯，錯

唐氏爲陸游之母所惡，遭受過惡劣的待遇，有如芬芳的花兒爲東風所摧殘。而自己呢，對愛人竟是那樣情意淺薄，不但不能站在她一邊，最後還迫於家庭和社會的壓力而與她分開。縷縷愁思愁緒，可以填滿胸懷；多年的分離分别，讓人悵惘悔恨不已。之前自己所做的一切，都是錯上加錯呀！“歡情薄”，古時江南謂情人爲“歡”。“離索”，離散孤獨。昔日家庭變故，夫妻離异，猶如無情東風催逼，使兩情相悦的美好生活變成短暫的回憶；而今重新相聚，恍如夢境，這中間却經歷了漫長的離索，而且往日的恩愛難以再續，怎能不使人增添愁緒和苦痛。

春如舊，人空瘦，泪痕紅浥鮫綃透

滿城春色，依舊如往昔，而今日的她已經不是昔日的那個她了。以前的她，有着青春的美好和活力，儀態萬千；如今的她，有的衹是憔悴和消瘦。春色景物没有變，“紅酥手”却轉换爲“人空瘦”，物是人非，傳達出愛情婚姻悲劇給人帶來的創傷。情人重逢，念及往事，她傷心欲絶，哭得泪流滿面。作者没有正面描寫唐氏泪流傷心的樣子，而是以白描的手法，通過對她的一個動作細節的描繪，形象而委婉地傳達出來：她拿出手帕拭去泪痕，那泪珠挾裹脂粉，濕透了手帕。一个“透”字，暗示唐氏伤心之甚，眼泪流淌之多。“浥”，沾湿、湿润。女子搽抹胭脂，泪流到脸上与胭脂相混而变成红色，所以说是“红浥”。“鲛绡”，据梁任昉《述异记》记载，南海出鲛绡纱，是鲛人（人鱼）所织，其价

百餘金，非常珍貴；以其爲服，入水後不會濡濕。後以鮫綃代指絲綢手帕。鮫綃本來是不會被濡濕的，現在它竟然被淚水濕透了，這也是極言唐氏之傷悲。

桃花落，閑池閣。山盟雖在，錦書難託。莫，莫，莫

再美好的春天也會過去，再鮮妍動人的桃花也會凋謝。無情的歲月和世事改變了一切，那些供人游玩的池臺樓閣不也逐漸冷清了？外面的景物在變，人事何嘗不變？昔日心愛的唐氏，在無情的“東風”摧殘下也有憔悴消瘦之態了。詩人對唐氏的愛依然如磐石一樣不可轉移，像大山一樣堅定，但現實的境況是自己已另娶，唐氏已改嫁，自然不可再寄書函以通情好。“山盟”，指山爲喻的盟誓，多用來指男女間相愛之深，堅定不移。“錦書”，表達愛情和思念的書信。據《晋書》記載，秦州刺史竇滔被流放，妻子蘇蕙織錦爲回文詩，寄給丈夫來表達思念之情；後來多以“錦書”指妻子寫給丈夫的表達思念之情的書信。“山盟雖在，錦書難託”八字，點出詩人内心的痛苦，這是情感和理智之間的衝突。這剪不斷、理還亂的情絲，在現實生活的約束下很難再續。詩人似乎在下定决心，勸慰彼此不要再爲舊情牽挂，祇能在沉痛的三聲“莫，莫，莫”中結束全詞。辭雖盡，但意未了，情也未了，留給讀者的是澀澀的綿長的回味。

評解

《釵頭鳳》這一詞牌短句迭出，節奏促迫，音調急切，適於表達激憤不平的感情心緒。上闋回憶過去的美好歲月，叙述今日悔恨交集的情懷。從伉儷情深到痛楚分離，聲情並茂的文字中蘊涵着不勝悲凉之情。“錯，錯，錯”，節奏短促而急迫，强烈而厚實，寥寥數字，勝過千言萬語所表達的愧疚悔恨之情。下闋描繪重逢情形，從悲苦的她寫到蕭條凄凉的景，最後表達作者絶望的痛，情真意摯，讓人不忍卒讀。作品中有驚、有喜，有悔、有怨，有哀、有嘆，有纏綿悱惻，更有凄楚悲痛，把愛情悲劇的纖微曲折呈現得淋漓盡緻，真不愧爲千古絶唱。“錯，錯，錯”，“莫，莫，莫”這兩次浩嘆前後呼應，别開生面，給讀者留足了空間，也使詞所傳達的情感在其中回旋蕩漾，綿綿不盡。這首詞作不以婉轉回旋的情韵見長，而以不得不發的激憤之氣打動人心。王國維《人間詞話》言陸游詞“有氣而乏韵”，如果不考慮其中的褒貶之意，可以説較爲恰切地道出了陸游這首詞的藝術特點。

訴衷情

當年萬里覓封侯，匹馬戍梁州。
關河夢斷何處？塵暗舊貂裘。

胡未滅，鬢先秋，淚空流。
此生誰料，心在天山，身老滄洲！

題解

這首詞寫於陸游晚年退居家鄉之時。他離開四川東歸，又在江西任內被免官，衹得重新回到家鄉的鏡湖三山，過着屏居湖畔的閑居生活。這首詞反映他的現實生活與理想抱負之間的矛盾，充分表達了他的愛國情懷。

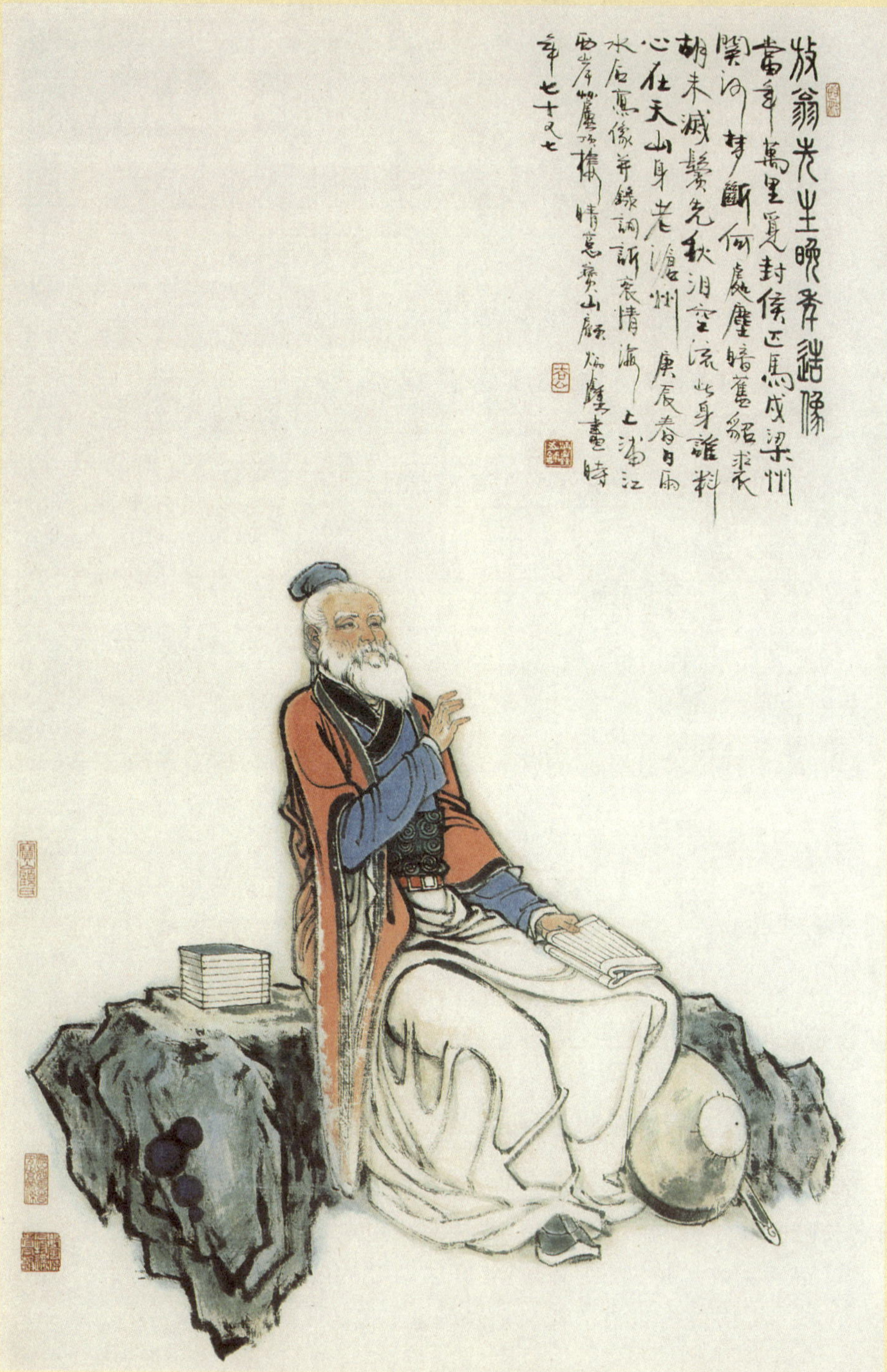

訴衷情（當年萬里覓封侯）詞意圖　顧炳鑫繪

【句解】

當年萬里覓封侯，匹馬戍梁州

回想當年在南鄭的軍營生活，那時的詩人像漢代的班超那樣，不辭萬里奔赴疆場，争取建立不朽的功勛以博取封侯的機會。“當年”，指詩人在四川宣撫使王炎幕下任職的時候；“萬里覓封候”，到萬里之外尋求建立功業的機會，以獲朝廷的恩賜加封。東漢班超投筆從戎，希望立功於异域邊疆以取得封侯的機會；後來他出使西域，平五十餘國，被漢封爲定遠侯。“匹馬”，單騎，這里指獨自從軍；“梁州”，古時中國九州之一，約相當於今天的陝西南部、四川西北部一帶；詩人的從軍之地南鄭，即屬於古梁州，“戍梁州”即指在南鄭的軍旅生活。這兩句以追憶昔年的口吻，在不經意間表達出强烈而迫切的愛國之心、報國之志。

關河夢斷何處？塵暗舊貂裘

過去曾在前綫爲國效力，可謂壯懷激烈；而如今戍守邊塞的生活已如夢中之境，夢醒之後一切都消逝得無影無踪。昔日的軍旅生活讓人有凌雲壯志、衝天豪情，但這些現在都已無法找尋回來，于是詩人有“夢斷何處”的浩嘆：我應該到哪里找回夢境一般的軍旅生活呢？當年的情境已不可能再現，但它留下的痕迹還在；祇是那昔日的徵衣早已變得陳舊，上面積滿了厚厚的灰塵，這使它變得更加暗淡無光。在歲月之中沾惹灰塵的徵衣，不就是此刻詩人的自我寫照嗎？“關河”，關塞、河防，泛指地勢險要之處，這里指與詩人軍旅生活密切相關的大散關、渭河一帶；“夢斷”，猶言夢醒。“舊貂裘”，貂裘上滿是灰塵，顔色暗淡。戰國時蘇秦游説秦王，多次上書都未被采用，結果身上的黑貂袍穿破，手邊的金錢也用完，最後不得已離開秦國。作者借昔日蘇秦的落魄潦倒，傳達自己不得志的悲凉和悲憤。

胡未滅，鬢先秋，泪空流

侵占國土的敵人還未消滅，而自己的鬢髮却已經染上了秋霜。想到此處，詩人不禁熱泪流淌。“鬢先秋”，鬢髮斑白，像秋天樹的枝葉一樣開始脱落，指步入衰邁的晚境。泪水並不能讓白髮變爲黑髮，無助於改變現實，它祇能釋放一下詩人憤激的情感。因爲希求苟安的當朝當權者不主張用兵北伐，也不會重用像詩人這樣的主戰派，所以這泪水也祇是在白白地流淌。一個“空”字，道盡了詩人多少無奈、悲傷和憤恨！《漢書·霍去病傳》記載，霍去病有"匈奴未滅，何以家爲"的豪言壯語。詩人也以"胡未滅"之語來表達自己激揚的報國情志。

此生誰料，心在天山，身老滄洲

詩人的思緒在過去和現在、理想和現實、激烈和静謐之間穿梭，回環往複之中，飽含着不盡的情味。又有誰能料到，我這一生總想着到西北前綫去殺敵報國，却長期困在家鄉的鏡湖水邊，像一個隱士一樣退居，任憑年華老去。現實（"身老滄洲"）與理想（"心在天山"）之間的矛盾不可調和，這讓詩人對自己的命運有深深的慨嘆。在這一無奈喟嘆的背後，可推知的是時勢中的諸多不得已：南宋統治者的昏庸，可恥的投降派得勢，抗戰派則屢受彈壓排擠。像詩人這樣一心抗戰複國的志士，祇能困守在家鄉的一隅，祇剩下不能釋懷的泪水，和讓人憂慮不安的人生命運。"天山"，即祁連山，甘肅西部和青海東北部邊境山地的總稱，綿延一千多公里，曾爲漢代的主戰場；這里代指西北邊境前綫。"滄洲"，濱水之地，古時常用來指稱隱士的居處；這里指陸游退隱居住的鏡湖之濱。

評解

詞的上闋追念往昔，下闋抒寫悲憤。在時間、空間上開合有度，理想和現實共處其間，二者的反差、矛盾和衝突，讓人倍感英雄老矣、壯志未酬的無限悲憤。詩人的情緒在低沉中有激越，在古稀之年不忘報國，令人動容。這超乎一己榮辱得失的真性情、發自肺腑的情摯意切之聲，確屬"萬古之性情""天地之元聲"（清初黄宗羲語）。晚清劉師培把陸游的詞作歸爲"道家之詞"，因爲它們有如下的特點："屏除纖艷，清真絶俗，逋峭沉鬱，而出以平淡之詞。"這種説法有一定的道理。以這首詞而論，所抒寫的是超越世俗的忠憤之情，確乎没有纖艷冶蕩之態，而充滿沉鬱峭拔之氣。但作者的滿懷悲憤情見乎詞，似乎並不能説是"平淡"。